ESPURNA
bromera

ESPURNA

ÚLTIMS TÍTOLS PUBLICATS

103. *L'any que vam córrer perillosament.* Manel Joan i Arinyó
104. *Sota les pedres.* Dolors Garcia i Cornellà
105. *Les ombres del bosc.* Vicent Enric Belda
106. *La muntanya invisible.* Francesc Gisbert
107. *El dia que Wendy va conèixer el monstre.* Andreu Martín
108. *Les verges del Sol.* Miquel Rayó
109. *L'aurora de la fi del món.* Pep Castellano
110. *Història de Sam. Deus ex machina.* Vicent Enric Belda
111. *Una lectura perillosa.* Lourdes Boïgues
112. *L'increïble viatge a l'Illa Gran.* Josep Millo
113. *Tzoé.* Isabel-Clara Simó
114. *La clau que obria tots els panys.* Carles Cortés
115. *A boca de canó.* Manel Àlamo
116. *L'última cursa de l'home fort.* Alan Monroe-Finch
117. *Sóc una màquina!.* Jordi Sierra i Fabra
118. *La venjança dels Panteres Negres.* Gemma Lienas
119. *La mèdium.* Silvestre Vilaplana
120. *La neu interminable.* Agustín Fernández Paz
121. *Per què tot em passa a mi?.* Josep Millo
122. *L'expedició del doctor Balmis.* María Solar
123. *Vampirs, friquis i tacons d'agulla.* Lluís Miret
124. *El triangle rosa.* Silvestre Vilaplana

Hi ha unes propostes didàctiques referides a aquest llibre que es poden descarregar de manera gratuïta des del web de Bromera www.bromera.com.

Polígon industrial 1 - 46600 Alzira
www.bromera.com
Disseny de la col·lecció: Pere Fuster
Coberta: Carles Barrios
Impressió: Romanyà-Valls

1a edició: octubre, 2014
2a edició: gener, 2018
ISBN: 978-84-9026-279-5
DL: V-2613-2014

PAPER ECOLÒGIC
TCF LLIURE DE CLOR

FOTOCOPIAR LLIBRES
NO ÉS LEGAL

LLIBRE AMIC DELS BOSCOS
PAPER PROCEDENT DE FONTS RESPONSABLES

UNA LECTURA PERILLOSA

Lourdes Boïgues

Premi Ciutat de Badalona
de Narrativa Juvenil 2014

ESPURNA
bromera

Ajuntament de Badalona

PREMI CIUTAT DE BADALONA
DE NARRATIVA JUVENIL

Premis Literaris Ciutat de Badalona 2014

Aquesta obra va ser guanyadora del 16è Premi Ciutat de Badalona de Narrativa Juvenil, organitzat per l'Ajuntament de Badalona, amb la col·laboració de la Llibreria El Full. Formaven el jurat Montserrat Salgado, regidora de Cultura i Ciutadania de l'Ajuntament de Badalona; Josep Gregori, en representació d'Edicions Bromera; Eva Santana, escriptora; Maria Carme Roca, escriptora; Jordi Cervera, escriptor; Rubèn Montañá, escriptor; i Isidre Sala, de la Llibreria El Full, com a secretari del jurat sense vot.

I
PRESONER

1
LA VENEDORA

El senyor Eladi Tardagost va travessar el carrer sense fer cas del semàfor, tenia pressa. En realitat sempre anava de corcoll. Amb el maletí negre de cuir i el paraigua penjat a l'avantbraç, només li faltava el bombí per a paréixer un executiu londinenc. L'oratge era tan gris i boirós com hauria pogut ser-ho a Londres. Però ni ell era un *yuppie* (sinó un dels deu treballadors d'una modesta companyia d'assegurances) ni corria pels carrers de la capital britànica (sinó per una àmplia i cèntrica avinguda de València).

El senyor Eladi Tardagost havia llegit al periòdic que aquell dia s'inaugurava un gran comerç de llibres, música i jocs electrònics, el LLIBER-OCI, i havia pensat que aquell seria un bon lloc per a comprar el regal d'aniversari al seu fill Aleix, que complia disset anys. Li feia il·lusió regalar-li un llibre, però el xic no llegia, així que es dirigí a la concorreguda secció de jocs electrònics. Uffff... n'hi havia de tota mena. Li agradaria a Aleix aquell joc en què un soldat del futur disparava una arma descomunal? O aquell altre que ensenyava una atractiva senyoreta d'estil manga amb un drac enrotllat al coll? I eixe on dos gladiadors lluitaven sobre l'arena amb llances i escuts? Darrerament l'havia vist simular combats en circs romans virtuals amb vertadera passió, com si fóra Espàrtac. Mirant ací i enllà, va quedar més marejat que un allioli. Millor faria de regalar-li un CD de música, segurament seria més senzill.

Però prompte es va adonar que estava equivocat: la secció de música era encara més gran que la dels jocs i, a més, estava plena d'adolescents amb auriculars que ballaven desinhibits en els corredors. Amb penes i treballs, va aconseguir fer tres voltes a la secció i, al capdavall, va haver d'admetre que no tenia ni idea de quins devien ser els gustos musicals d'Aleix. A més, els nous estils (*hip-hop, house, funk, ska, hardcore, indie, dance, reggaeton*...) li resultaven totalment desconeguts. Per l'amor de Déu, on estava el *rock & roll* de tota la vida?

Els minuts corrien de pressa, era dilluns i havia de passar pel supermercat a fer la compra setmanal. Així que el senyor Tardagost va resignar-se a visitar la secció de llibres, que li era molt més familiar. Però quanta gent pul·lulava pels passadissos! Quasi no podia moure's i així era impossible fer una bona tria. Va tenir més d'una dotzena de llibres a les mans, però no es decidia per cap. I si demanava ajuda a algun dependent o dependenta? Però, caram, tots els treballadors que se li acostaven semblaven massa ocupats: es notava que el dia de la inauguració estava sent un èxit.

Desesperat i a punt d'eixir del comerç sense cap regal, va veure que una senyoreta uniformada de roig li concedia un somriure deliciós:

–Puc ajudar-lo? –li va preguntar aquella aparició celestial.

El senyor Eladi, que era molt vergonyós, sobretot amb les persones de sexe contrari, va enrogir com un titot.

–Ah, sí... buscava un... llibre per al meu fill... Avui compleix disset anys.

–Doncs ha vingut vosté al lloc ideal, mire quants llibres hi ha al seu voltant –va contestar la jove fent-li l'ullet.

–Sí, però a Aleix no li agrada llegir. És un addicte als jocs electrònics. Per això hauria de ser un llibre realment emocionant, que l'enganxara des de la primera pàgina.

La senyoreta va assentir amb el cap, fent veure que entenia el problema.

–Sap què en pense jo, senyor...?

–Tarda... gost –va quequejar–. Em diuen Eladi Tardagost.

–Oh, quin cognom més bonic! M'agrada el mes d'agost! –va picar de mans com una criatura–. Doncs jo crec que no hi ha bons lectors ni mals lectors, sinó lectors que han descobert el plaer de la lectura i lectors que encara no ho han fet.

Fantàstic! Ell opinava exactament el mateix, però malauradament Aleix pertanyia al segon grup de lectors.

–I sap una cosa? Tinc el llibre adequat per al seu fill. Espere un moment i li'l porte. D'acord, senyor Tardagost?

D'acord. Solament per sentir-la pronunciar «Tardagost» valia la pena esperar. La senyoreta va desaparéixer pel laberint de passadissos i ell es va col·locar en un racó, per no molestar ningú. Passats uns minuts, però, va començar a impacientar-se, on s'havia ficat la dependenta? Si no s'afanyava, hauria d'anar-se'n al supermercat.

–Puc atendre'l, cavaller? –va preguntar-li aleshores un jove.

–No, gràcies, ja m'està atenent una companya seua.

El xicot, que devia tenir pocs anys més que Aleix, va allunyar-se a corre-cuita. Segurament voldria acabar la jornada i anar-se'n a casa, on l'esperaria algun videojoc carregat de violència. Ai, quina joventut! Els importava més la virtualitat que no la realitat.

Vaja, heus ací la dependenta de veu musical. Amb quina gràcia caminava! Lluïa el mateix somriure irresistible amb què se n'havia anat i li allargava un gruixut exemplar de tapes acolorides.

–Aquest és el llibre que enganxarà el seu fill, li ho assegure –va dir–. I si no és així, jo mateixa li tornaré els diners! Li ho promet, senyor Tardagost. Prenga'l i passe per caixa. Espere tornar-lo a veure algun dia.

Eladi Tardagost va agafar el llibre com en un somni i va encaminar-se a les caixes. «Espere tornar-lo a veure», havia dit la dependenta. Sí, vindria més a sovint. Sens dubte. Ara com ara, resultava difícil topar-se amb una persona tan amable i professional.

La caixera, per contra, era una xicota impacient que li preguntà, amb veu apagada i sense mirar-lo, qui l'havia atés. Ell no va saber respondre-li perquè era massa despistat i no s'havia fixat en la placa de la dependenta.

–Oh, era una xica molt bonica –va dir amb la cara cremant-li de vergonya.

–Quina sort! Però si no em diu el nom, no puc fer-lo constar perquè li paguen la comissió –es va queixar–. I és una llàstima, avui inaugurem i les comissions són realment bones. De segur que no recorda el seu nom? Faça un esforç.

–No, ho sent –va contestar apesarat.

–No es preocupe, jo mateixa intentaré esbrinar-ho –va dir gens convençuda.

Aleshores la màquina que llegia els codis dels productes venuts, va emetre un xiulet agut. La caixera va estar lluitant una bona estona amb el llibre i la màquina. La gentada de la cua se la mirava amb mala bava. Finalment, ella va aconseguir traure el tiquet.

–Són... cinc euros –va dir amb el front amerat de minúscules gotes de suor.

–Solament cinc euros? –va estranyar-se el senyor Tardagost, mentre sospesava el gruixut llibre.

–Sí, ha tingut sort, aquest llibre està... ehem... en promoció.

Va pagar i va eixir de la botiga a contracor, encisat encara per aquella venedora tan especial. Tanmateix, al carrer va recordar de sobte que tenia pressa i aviat va oblidar-se de tot allò que no fóra la llista de les compres. I a pesar que només volia comprar les coses imprescindibles, al supermercat del barri va omplir el carro fins a dalt i la factura va astorar-lo. De manera que va arribar a casa amb un humor més negre que el cel que cobria la ciutat.

Des de la cambra d'Aleix arribava un soroll estrident que devia ser música. Va descarregar les bosses a la taula de la cuina i va anar a buscar el seu fill amb el regal entre mans. Quantes vegades li havia dit que no posara la música tan alta? Els veïns ja se n'havien queixat diverses vegades. Però ell ni cas. La porta estava entreoberta i va entrar. Allí el tenia: el seu únic fill, convertit en un adolescent d'un metre setanta d'alçada, amb els cabells rossos i llargs, abillat amb un xandall arrugat i unes esportives de marca. El xicot estava estudiant, cosa que el pare no podia concebre amb aquella música a tot volum. Tanmateix treia bones notes i, l'estiu passat, Eladi li havia permés de posar-se un pírcing a l'orella com a premi pels resultats obtinguts al curs. Què li demanaria enguany? Un tatuatge o una operació d'estètica? S'esborronava en pensar-ho.

–Hola, fill. Què estudies?

Silenci. La música s'interposava entre els dos.

–Hola, Aleix! –va xisclar–. Felicitats!!!

El xicot va girar-se i va dibuixar un somriure forçat a son pare. Després, va abaixar el volum de la música i va tancar el quadern de matemàtiques.

–Gràcies, pare. T'esperava més prompte.

–M'ha sorgit un imprevist al treball i, a més, he hagut d'anar a fer les compres.

–I això? –féu Aleix assenyalant el paquet.

–Ah! És el teu regal d'aniversari. Pren, obri'l.

Aleix el desembolicà emocionat però, en veure el llibre, va deixar-lo caure sobre la taula sense cap interés.

–Gràcies, me'l llegiré quan tinga temps –va dir.

Eladi no va poder dissimular el disgust que sentia amb un gest que el fill va saber interpretar.

–Bé... d'acord, començaré a llegir-lo ara mateix –va cedir.

El senyor Tardagost va eixir de la cambra i se n'anà arrossegant el cansament cap a la cuina. Va traure la compra de les bosses i es va posar a fer el sopar. Quin any li encertaria el regal d'aniversari al fill? Abans Amèlia, la seua dona, sempre escollia el més adequat. Però ella ja no estava... i com l'enyorava! Cada dia, cada hora, pensava en Amèlia i en com serien les coses si no haguera mort.

2
L'AMOR ÉS UN CUC VORAÇ

Aquell mateix dilluns a la tarda, Núria es contemplava satisfeta les ungles de les mans. Retallades i negres com l'atzabeja, així li agradaven. «Tètriques papallones de la nit», tal com cantava llavors Angèlica Ji, la seua cantant preferida. S'acostà les mans als ulls i va tornar a apartar-les lentament. Sí, li esqueien bé, a pesar del que digueren els seus pares. Què en sabien ells, al capdavall? La comparaven amb la seua germana Laia: dinou anys, universitària, estudiosa i avorrida. Així era Laia.

Però Núria era molt diferent. «Oh, pàl·lida i fràgil criatura, per què et dols?», cantava Angèlica. Núria portava els cabells a l'estil de la reina Cleòpatra (serrell curt i melena recta fins als muscles) i li agradava pintar-se els llavis de roig sang, de negre o de morat (segons l'estat d'ànim de cada dia). A les parpelles es dibuixava una ampla ratlla negra que li remarcava la verdor dels ulls. Quant a la roba, gastava pocs diners perquè la comprava en tendes i mercadets de segona mà: samarretes negres, texans i minifaldilles, mitges de fantasia, botes militars... Núria se sentia orgullosa de no ser una víctima de la moda, d'eixes que canvien de vestuari cada temporada segons les ocurrències de quatre modistes il·luminats.

I, és clar, en casa la mortificaven. Sobretot el pare, que s'avergonyia de la filla i estava entestat a fer-la anar pel bon camí. Qui menys la molestava era l'avi Joaquim, el més llest de la família als seus vuitanta-dos anys. Llàstima que, des d'uns mesos ençà, estiguera sempre tan desanimat i, a més, es fera el sord. Solament s'interessava per la lectura i, per això, la mare li portava llibres de la biblioteca del barri.

Al col·legi, Núria no tenia problemes: es duia bé amb tots els companys; al cap i a la fi, a l'aula s'aplegaven alumnes de tots els estils, ètnies i nacionalitats. La convivència era esplèndida: cadascú s'ajuntava amb qui més afinitat sentia i deixava en pau la resta. Dels professors no es podia queixar tampoc, excepte d'Augusta, la profe de llengua castellana, que sempre insistia que s'esforçara més. Aquella pobra dona era un plom, tot i el seu aspecte juvenil i informal.

A pesar de no tenir cap amiga íntima amb qui compartir els seus secrets, a Núria li era igual. Totes les confidències (i en tenia moltes) li les feia a Aleix Tardagost, un alumne de batxillerat que mesos enrere se li havia acostat a l'hora de l'esbarjo i li havia dit:

–Per què et pintes els llavis de morat? Quan els portes vermells estàs molt més bonica.

Núria hauria pogut amollar-li qualsevol animalada, però es limità a mirar-lo lànguidament, com una bleda. Aleix tenia la veu agradable i els ulls sincers. Qui podia emprenyar-se amb ell? Per això, des d'aleshores, aquell xicot xarraire i desmanegat havia passat a ser la seua ànima bessona. Aquell dia ell havia complit disset anys i Núria li havia comprat en una botiga alternativa una polsera feta per indis de Guatemala. Aleix se l'havia posada molt emocionat i després s'havien fet unes besades en un racó amagat de l'institut.

Ai, Aleix! Ara es moria de ganes de contactar amb ell. Hauria pogut enviar-li un *whatsapp*, però li abellia escoltar la seua veu. Li telefonaria un moment, tan sols per dir-li com l'enyorava. Va abaixar el volum de la música i va marcar el número. «Va, agafa'l», va pensar amb un somriure de pàmfila. Aleshores algú va despenjar l'aparell a l'altra banda.

–Hola, Aleix! Què fas?

–No sóc Aleix, sóc son pare.

–Doncs passe'm amb ell, per favor.

–No puc, està llegint.

Llegint? Quina excusa tan ridícula! «L'amor és un cuc voraç», clamava Angèlica Ji, amb veu esquinçada.

–Diga-li que sóc Núria, per favor.

–Ho sent, Núria, però no vol posar-se. Em sap mal.

Núria va quedar-se palplantada, amb la boca oberta i l'aparell a l'orella. Què passava? Per què Aleix no volia parlar-li? De sobte un munt de pensaments negatius van turmentar-la i van fer-li venir basques. «L'amor et rosega la vida.» Va llevar la música i va tornar a marcar el número. Aquesta vegada ningú va respondre-li, sinó que va saltar el contestador automàtic. Bé, li enviaria un *whatsapp* i esperaria la resposta.

Llavors, la mare va cridar-la per anar a sopar. A correcuita, va teclejar «T'estime. Toca'm» i es va guardar el mòbil a la butxaca. Quan Narcís, son pare, la va veure arribar amb el pijama de ratlles de tigre i les plantofes rosa, va fer una ganyota burleta.

–No sabia que estàvem en carnestoltes –va exclamar.

–Per si no te'n recordes, a mi el carnestoltes me la bufa.

–Núria!, parla'm bé si no vols endur-te un castic! –va advertir el pare.

L'avi Joaquim, que ja s'havia assegut a taula, va alçar la vista del plat de sopa i va posar uns ulls enyoradissos.

–Ai, el carnestoltes! Quina festa més especial! –va dir–. Una vegada em vaig disfressar de mariner i vaig ballar un tango amb Rosa. Xxxttt... no ho digueu a ningú, però vaig aprofitar l'ocasió per agafar-la per la cintura i fer-li una besada. Era tan difícil trobar un moment d'intimitat! No com ara, que...

–Ja tornem als records? –el va renyar Lledó, la mare de Núria, mentre entrava al menjador amb una safata de verdura a la planxa.

Començaren a sopar en silenci. Laia vindria més tard, ja que estava fent un treball acadèmic en casa d'una companya.

–Estàs mústia, filla –va dir Lledó–. Et passa res? Has tingut algun problema a l'institut?

Ella va fer que no amb el cap, estava més atenta al mòbil que a les insípides verdures que mastegava desganada. «Va, telefona'm, Aleix», pensava.

–Mal d'amors –va deixar anar l'avi entre dents.

–Com has dit? –va voler saber Narcís.

–Res, res, manies de vell –va excusar-se ràpidament Joaquim.

Quan ja anaven pel segon plat, va arribar Laia. Venia carregada de carpetes i llibres que va deixar sobre l'aparador. Feia cara de felicitat, per a ella els treballs acadèmics eren una diversió.

–Hola, família –va saludar i va besar els comensals.

Després, va seure al seu lloc i va mirar famolenca el pit de pollastre rostit que li havia posat la mare al plat. Com si aquella sola de sabata li agradara a algú!

–Que guapa estàs sense el maquillatge, Núria! –va dir Laia fent el primer mos.

Núria va saltar de la cadira i va llançar el tovalló a terra. Estava farta que tothom es clavara amb ella i, a més, el sopar no valia res. Quin fàstic!

–Per què no em deixeu en pau d'una maleïda vegada!? –va cridar amb llàgrimes als ulls i se'n va anar.

Laia es va quedar quieta, amb un tros de pollastre a mig camí entre el plat i la boca. No entenia la reacció de la germana. Com era que havia saltat així per un simple comentari? Si tan sols li havia dit que estava bonica! Caram, la pròxima vegada ho callaria.

–Mal d'amors –va repetir el iaio, però ningú li va fer cas.

Tancada a la seua cambra, va marcar novament el número d'Aleix i no va tenir sort. Va tornar a enviar-li un *whatsapp*. Després es va ficar al llit amb el mòbil al coixí i va apagar el llum. Volia adormir-se prompte i somiar amb Aleix. Tanmateix, algú va fer uns colpets a la porta i va entrar de puntetes.

–Ens fas patir, Núria. Conta'm què et passa, per favor.

Però Núria no tenia ganes de parlar, i menys amb sa mare.

–Filleta, jo també vaig tenir quinze anys i sé que és una edat complicada.

–Només vull que m'accepteu com sóc –va contestar amb el cap amagat davall l'edredó–. I ara, vés-te'n, per favor. Tinc son.

Però Núria no va dormir bé i es va alçar més ullerosa que mai. Es va pintar els llavis de morat i es va posar una samarreta a joc, decorada amb tres lletres fluorescents: SOS. Els texans descolorits i descosits pels genolls, més les botes de camuflatge, completaven la indumentària.

Sense desdejunar ni acomiadar-se de ningú, va eixir corrents de casa i va plantar-se a la porta de l'institut. Eren les set i mitja del matí i la llarga gavardina negra quasi que no l'abrigava, així que tremolava com un pollet. Al cap de pocs minuts començaren a arribar els alumnes però, per més que es va fixar, no va veure a qui més anhelava descobrir. I a les vuit, amb les mans glaçades i el cor encongit, va fer cap a la seua aula.

La primera classe era de castellà i la senyoreta Augusta va repartir amb una parsimònia exasperant els resultats del control que havien fet la setmana anterior. Núria havia tret un 6,25. Bé! Prova superada!

–Núria, esperava molt més de tu –va advertir-la la profe a cau d'orella.

Caram! Per qui la prenia? El seu cervell era normalet, res més, no tenia el coeficient mental de *madame*

Curie. A més, en aquell moment les seues neurones s'ocupaven d'un altre tema més important.

Durant els minuts del canvi de classe, Augusta va dir-li que volia veure-la l'endemà a les onze en l'aula de tutoria. Com podia ser tan insuportable aquella dona? De cabells curts, baixeta i prima, sempre amb roba esportiva, pareixia una alumna més, però en realitat era pitjor que l'inquisidor Torquemada.

Després d'aguantar el rotllo del professor de matemàtiques, va arribar per fi l'hora de l'esbarjo. Ara aclariria les coses amb Aleix. Amb un ai al cor i sense saber molt bé què li havia de dir o quin to havia d'emprar, va recórrer el pati de dalt a baix i d'un costat a l'altre. Ni rastre del xicot. «Té raó Angèlica: l'amor és un cuc voraç que et lleva la vida», va pensar.

3
AMISTAT TRUNCADA

Per les seues condicions físiques, Manel ben bé podria ser un dels jugadors de l'equip de bàsquet que, com cada dimarts, s'entrenaven al gimnàs de l'institut. Tanmateix, Manel preferia jugar al futbol amb els seus amics en aquell petit camp assolellat. Res d'entrenaments ni normes rigoroses. Així entenia Manel l'esport. Ara estava a punt de marcar un gol i ho tenia fàcil perquè Ricard, el porter, s'havia despistat un moment. Sols havia de recórrer uns metres, esquivar Lluís i xutar fort. Però de sobte va veure venir Núria, va perdre la concentració i va estavellar el baló contra la porteria. Merda!

Per què li queia tan malament Núria? Devia ser pel seu aspecte extravagant o, tal volta, perquè era la xicota del seu millor amic? Des que havien començat a eixir junts, Aleix no era el mateix. Ja no trobava temps per a l'amistat, no reia les bromes de la colla ni els contava cap novetat. Núria l'havia transformat. Com era possible que s'haguera enamorat d'aquella zombi? Tan rara, tan poca cosa, tan antipàtica... I ací estava, davant d'ell.

–Hola, Manel. Podem parlar?

–I tant que sí, comença, que t'escolte.

–Anem a un altre lloc, per favor. És una qüestió important.

Manel no tenia ganes de deixar el partit, però va accedir a contracor i es van asseure en un banc aïllat de fusta que havia deixat lliure una parelleta.

–Des de quan no has parlat amb Aleix? –va etzibar-li ella.

–Des d'ahir al matí, que el vaig felicitar. Per què ho dius?

–Anit vaig intentar parlar amb ell per telèfon, però em contestava son pare. Després no em va enviar cap *whatsapp*.

–I...?

–Doncs que veig molt estrany el comportament del senyor Tardagost. Per què s'ha fet l'amo del mòbil d'Aleix? I per què em va dir que el seu fill llegia i no va voler passar-me'l? És una excusa ridícula! Coneixes molt bé el teu amic i saps que no li agrada llegir.

–No deus pensar que el senyor Eladi ha assassinat el seu fill! –va riure's Manel–. Tal volta Aleix estava estudiant i no volia destorbar-lo.

–No m'ho crec, ni tan sols els estudis impedirien que ell es posara en contacte amb mi. Per a ell, sóc més important que qualsevol assignatura.

«Fotre, aquesta xica no coneix la modèstia», va pensar irritat.

–Per tant, vull que li telefones tu ara –va continuar Núria.

–Tinc el mòbil desconnectat.

–Doncs connecta'l! –va cridar Núria.

«I, a més, manaire», va dir-se Manel cada colp més empipat.

Però va obeir sense objeccions. Connectà el mòbil i va marcar el número d'Aleix. Després de cinc senyals, va saltar el contestador automàtic.

–Ah! Veus quina cosa més estranya... –va exclamar Núria, victoriosa.

Manel es va gratar el cap. Portava els cabells curtíssims per imposició materna. Sa mare opinava que les melenes són antihigièniques i ell no tenia ganes de contradir-la. Al capdavall resultava pràctic alçar-se pentinat cada matí. O poder rascar-se sense manies quan necessitava reflexionar, com ara mateix.

–Estrany? Senzillament jo diria que Aleix no té ganes de parlar amb ningú. Ni tan sols amb tu, Núria.

Aleshores ella va posar-se a plorar. Dues gruixudes llàgrimes sorgiren dels ulls verds i davallaren per les galtes, formant dos regalims de pintura negra. Manel no podia suportar els plors dels altres, el posaven molt nerviós. La cosa li venia de menut: devia ser un trauma infantil.

–En realitat jo no volia...

–Deixa-ho estar, t'he entés, Manel! Tu creus que Aleix vol tallar amb mi!

Callaren els dos, ell buscava una forma de consolar-la abans que el remordiment anara a més. Se sentia com el vil tirà d'una pel·lícula.

–Ja ho tinc! Segurament Aleix i son pare han discutit –va aventurar–. Aleix se sent sol i es queixa que el veu poc per casa. Potser han discutit i son pare li ha llevat el mòbil.

Però Manel ho deia poc convençut. Per a ell, la solitud era un avantatge increïble, sa casa sempre estava plena de gent i trobava pocs moments d'intimitat.

–Tens raó, potser s'han barallat –va afirmar Núria, que acceptava qualsevol teoria menys la del desenamorament–. A veure si Aleix ha fugit de casa! Però no, en eixe cas m'hauria buscat...

–Prou de suposicions! Així no arribarem enlloc! –va impacientar-se Manel, desitjós de tornar al futbol–. Si demà Aleix no ve a l'institut, passarem per sa casa i li preguntarem què li passa. Et pareix bé?

–Totalment d'acord, Manel. Gràcies per ajudar-me.

–Però que et quede clar: ho faig per ell, no per tu –va puntualitzar.

Manel va voler tornar al partit, però l'esbarjo havia finalitzat i va pujar de mala gana a l'aula. Li tocava física i no li abellia gens encarar-se amb aquells conceptes tan enrevessats. L'any anterior l'havia aprovada de miracle, però enguany no ho aconseguiria ni de miracle. Fins feia poc, Aleix l'ajudava a estudiar, però ara ja no i Manel es tornaria boig per culpa de la física. Heus ací un altre retret que podia fer-li a Núria.

Manel i Aleix es coneixien des de la guarderia. La seua relació havia començat com una enemistat clara. Però les primeres baralles per les joguines i els gronxadors havien donat pas a una companyonia sòlida que havien mantingut fins aleshores. Una amistat a prova de qualsevol incident o accident. Com per exemple en aquella ocasió en què la malànima de Cinta els havia enviat sengles cartes d'amor i els havia citat el mateix dia i a la mateixa hora. O quan l'imbècil de Francesc havia escrit una inscripció en la porta dels banys sobre Manel i després havia culpat Aleix. La mort de la mare del seu amic, tres anys enrere, encara els havia unit més. Manel l'havia ajudat tant com havia sabut i havia pogut. Sí, eren bons amics, i per desgràcia Núria ho estava espatlant tot.

–Manel, quins factors determinen l'energia cinètica? –va preguntar-li de sobte el professor.

–Mmm... la velocitat i... mmm... i la...

–La massa, Manel, la massa –va dir el professor–. No et despistes, d'acord?

Bah! Quina importància tenia l'energia cinètica en la vida pràctica? Cap, la velocitat és la velocitat i punt. Si vols anar més ràpid, xafa l'accelerador. Per què tanta fórmula sense sentit? Van acabar les classes i Manel va tornar a intentar contactar amb Aleix.

–Diga –va escoltar a l'altra banda la veu d'Eladi.

–Hola, senyor Tardagost. Voldria parlar amb el seu fill.

–Està llegint.

–Per favor, diga-li que deixe de llegir i que es pose un moment al telèfon. Sóc Manel.

–No vol deixar de llegir, ho lamente, Manel.

Aleshores Manel va començar a preocupar-se de veritat. Normalment el senyor Eladi era un home raonable, fins i tot havia deixat que Aleix es fera un pírcing a l'orella. I ara, a què es devia aquella actitud tan misteriosa? Tenia raó Núria, aquell home amagava algun secret.

4
L'ABORDATGE

La senyoreta Augusta l'esperava a l'aula de tutoria. Portava un suèter de coloraines que feia mal al ulls i un collar horrorós (evidentment aquell dia tampoc havia encertat la vestimenta). A més, picava insistentment el bolígraf sobre la taula i feia cara de males puces.

–Arribes cinc minuts tard, Núria.

–Ja ho sé, perdone'm, m'he entretingut un moment en la classe de francés.

La senyoreta Augusta no va donar crèdit a l'excusa. Núria se sentia com un anyell a l'escorxador.

–Mira, Núria, ja t'ho he dit moltes vegades: cal que t'esforces més –va començar Augusta a mata-degolla–. Les teues notes són impròpies d'una xica intel·ligent com tu. I no puc consentir eixa falta d'interés.

–Però si jo...

–Xxxt, escolta'm. Vull facilitar-te les coses. Per això t'apujaré la nota d'aquest trimestre si em presentes un treball. Però no un treball qualsevol, no vull que em contes la vida de Miguel de Cervantes. Tu tens capacitat i has d'aspirar a més.

–Senyoreta Augusta, ja sé que vosté té bones intencions, però m'ha pres per qui no sóc. Li assegure que la meua intel·ligència és com la de qualsevol dels meus companys. En realitat, fins a l'altre dia com aquell qui diu, encara comptava amb els dits.

–Et conec millor del que tu creus. Davall el teu aspecte rebel, hi ha un cervell brillant. Fes treballar les neurones i presenta'm el treball més original que haja vist en la meua vida acadèmica.

Núria no va gosar contradir-la, ja se les apanyaria. Potser fóra millor la biografia de Calderón de la Barca que no la de Miguel de Cervantes. A més, sempre podia demanar ajuda a súper Laia, l'experta en treballs escolars.

A l'hora de l'esbarjo, Manel l'esperava al mateix banc solitari del dia anterior.

–Aleix no ha vingut avui tampoc –va informar-lo–. I continua sense contestar-me a les trucades.

–Les meues tampoc les atén. A migdia passarem per sa casa i mirarem què passa. Ja estic fart de tant de misteri.

Aleix vivia prop de l'institut i feren el trajecte en silenci, no tenien res més a dir-se. En arribar al carrer de Joan Martorell, giraren a la dreta i s'encararen amb l'edifici que venien buscant. Manel pitjà el timbre de la porta dinou i esperaren. No obria ningú. Així que Núria, impacient, va posar l'índex al timbre i va prémer-lo durant quaranta-cinc segons.

–Qui és? –va preguntar una veu irritada des del videoporter.

–Som amics d'Aleix, venim a portar-li els deures –va dir Manel.

La porta del vestíbul es va obrir i van passar a l'interior. L'ascensor els deixà al pis sisé i s'adreçaren a la porta dinou. El senyor Eladi Tardagost els barrà el pas. L'home anava despentinat i amb la camisa plena de taques de menjar.

–Gràcies per portar-li els deures, xics –va dir–. Doneu-me'ls i jo mateix li'ls donaré.

–Està malalt? –preguntà Manel.

–Més o menys, però no patiu. Prompte tornarà a l'institut.

–Voldríem veure'l ara –va exigir Núria.

–Ho sent, no podeu visitar-lo –va contestar l'home examinant-la de dalt a baix.

–Encara està llegint? –va preguntar Núria amb sorna–. Deu ser un llibre molt interessant!

–Sí, està llegint. I ara, aneu-vos-en, per favor.

–Va, senyor Eladi! No som criatures, no intente enredar-nos –va exclamar Manel.

–No us enganye, de veritat. Adéu, xicots... I gràcies.

La porta es va tancar. Manel i Núria es van quedar paralitzats durant uns segons i després s'allunyaren lentament. El comportament del senyor Eladi els havia paregut més propi del psicòpata d'una sèrie policíaca que el d'un pare de família.

–Anem a dinar i ja pensarem el pròxim pas –va decidir Manel–. Açò no pot quedar així.

Núria va accedir molt decebuda. No acabava d'entendre què estava passant.

En casa l'esperaven al voltant de la taula, on reposava un gran plat d'amanida variada. Ella va seure al costat de l'avi.

–Arribes tard, t'esperàvem –va queixar-se el pare.

La mare va començar a servir l'amanida fingint alegria per calmar els ànims.

–Ufff... verdura... I de segon? –va preguntar l'avi, desganat.

–Jo no tinc la culpa del colesterol de Narcís, ni tampoc de la hipertensió de vosté! –va retrucar la mare–. Voleu que us prepare un bon guisat de cansalada i us mate? Això voleu?

–Calma, no ens barallem –va intentar posar pau Laia–. Les verdures són molt sanes. Probablement som la família més ben alimentada de la ciutat!

–Encara recorde els plats d'arròs amb fesols i cansalada que em preparava la meua dona –va replicar l'avi–. Allò sí que era un dinar com toca!

–Si no para, no li servisc el segon plat! –va alçar la veu Lledó.

–Ah, sí, el nostre cosí Vicent –va mussitar l'avi–. Fa temps que no el veig!

Després de dinar, tothom s'alçà a retirar els plats i coberts. Tenien pressa. Però Núria estava una mica trista pel iaio i li va fer companyia mentre ell es bevia la camamilla a glopets.

–Iaio, per què deixes que la mare et tracte així?

Joaquim la va mirar de fit a fit; aquella néta tan rara li queia bé.

–Tu tampoc tractes ton pare molt millor...

–És que m'emprenya contínuament! –es va queixar Núria.

–Supose que tots els pares emprenyem les filles, però també m'imagine que ho fem de forma inconscient.

–No és cap excusa, això. A més, tu no mereixes que et renyen. Rebel·la't!

–Que em rebel·le, dius? Després de la guerra, mon pare va estar tancat tres anys en la presó –va explicar el iaio una vegada més–. Aleshores jo era un xiquet i anava a visitar-lo cada diumenge. Ni t'imagines com era de terrible la presó! I una residència de vells deu ser una cosa molt pareguda, no creus?

–Ma mare no et portarà a cap asil, iaio. És una mica rondinaire, però t'estima.

De camí a l'institut, Manel va informar Núria que estava decidit a tornar a casa d'Aleix després de les classes de la vesprada. Aquesta vegada el veurien, de totes totes, però necessitava la seua ajuda, i ella va prometre que l'acompanyaria.

Núria no va poder evitar rosegar-se les ungles pintades de negre durant les explicacions del professor d'anglés. Aquell dia portava una samarreta morada amb el dibuix d'un crani a l'esquena. Albert, el company de darrere, no feia altre que emprenyar-la.

–Deixa'm tranquil·la –va mormolar ella.

–Òndia, tu, és que em fa cosa. Sembla que estiga mirant-me amb les conques buides.

–Tu sí que tens el cap buit. Si continues molestant-me, et recordaràs de mi, moniato.

Quina creu! La darrera hora era d'educació física. Va haver de posar-se l'horrorós xandall groc de l'equip d'handbol i substituir una jugadora malalta. El maleït baló semblava tenir vida pròpia, no n'encertava una.

–Ei, que açò és handbol, no hoquei sobre gel! –va queixar-se'n Àngels, la capitana de l'equip.

Es va dutxar ràpidament i va eixir de l'institut amb la motxilla oberta. Manel l'esperava nerviós a l'eixida, a punt d'anar-se'n sense ella.

–Em pensava que t'havies fet enrere.

–Ni pensar-ho! Per Aleix crec que seria capaç de tot –va dir ella tancant amb dificultat la cremallera de la motxilla farcida–. Com actuarem? Tombarem la porta a colps de peu?

–No, el meu pla és millor i més fàcil. Ja ho veuràs.

Quan arribaren a casa d'Aleix, Manel va polsar un timbre qualsevol:

–Qui és? –va preguntar una veu de nena.

–Sóc un repartidor de propaganda, pots obrir-me, per favor? –va mentir Manel.

La porta del vestíbul es va obrir. Però què farien amb la de dalt? Núria estava intrigada. Van entrar a l'ascensor i van baixar al cinqué. Manel va prémer tres vegades el timbre de la porta dinou, però no va obtenir cap resposta.

–Comença la funció, Núria, anem a armar un escàndol. El pare d'Aleix ens obrirà tant si vol com si no.

Manel va començar a cridar com un boig: «Senyor Tardagost, sabem que està en casa. Deixe'ns veure el seu fill!». Núria va decidir cooperar: «Cridarem la policia, vosté no pot retenir-lo a la força. Volem entrar». Els veïns s'enutjaren per culpa d'aquell enrenou i s'abocaren a les portes. «Això quin rebombori és?», cridaven irats.

–No li pegue al seu fill! –va continuar exagerant Manel–. Qualsevol pot suspendre un examen!

–No l'apallisse més! –engegà Núria–. Aleix encara no ha superat la mort de sa mare! Al capdavall és un pobre orfe!

Els veïns ja renegaven i alguns, comprensius, s'afegiren a les súpliques dels xicots. Al cap de pocs minuts, Eladi Tardagost va obrir malhumorat la porta i va deixar entrar Manel i Núria.

–Us heu tornat bojos?

–Nosaltres no, però vosté segur que amaga algun delicte. Volem veure Aleix i hi tenim tot el dret –exigí Manel.

–I no ens n'anirem fins que l'hàgem vist –corroborà Núria.

–D'acord, passeu i comproveu com no us he mentit en res. Aleix està en la seua cambra.

Manel va agafar la mà de Núria i la va arrossegar fins a l'habitació, el camí de la qual coneixia ben bé.

5
LLEGIU! LLEGIU!

Aleix seia encarcarat a la cadira, sostenint un llibre gruixut de pàgines esgrogueïdes entre les mans. Tenia el cap inclinat i els cabells rossos li queien a una banda i l'altra de la cara. Completament immòbil, pareixia que estiguera fent una becadeta, si no fóra per aquella postura tan incòmoda. Els llums del sostre i de damunt de l'escriptori il·luminaven profusament el lloc.

–Hola, Aleix! –exclamà Núria emocionada, i va córrer cap a ell.

Aleix no es va moure, ni tampoc va contestar.

–Estàs emprenyat amb mi? –Núria no podia dissimular l'angoixa.

Més silenci. Aleix tenia la vista fixa sobre el llibre.

–Aleix, si açò és una broma, ja n'hi ha prou, tu –es va enfadar Manel.

Com que el jove continuava sense reaccionar, Manel va acostar-se i va intentar arrancar-li el llibre de les mans. Va ser impossible: Aleix tenia els dits clavats, com si foren ganxos, a les tapes de cartó. A pesar de les estrebades, el xicot no va canviar de postura.

–Ningú t'ha dit que és de mala educació ignorar les visites!? –va preguntar-li Manel sacsejant-lo–. Tanca eixe llibre, borinot! Amolla'l d'una punyetera vegada!

Aleix no li va fer cas. Aleshores, Núria va interposar el palmell de la mà dreta entre els ulls d'Aleix i el llibre. Amb un moviment extraordinàriament ràpid, gairebé felí, Aleix va amollar una de les tapes i va apartar aquell obstacle bruscament. Després, va seguir llegint com si res, alié a la resta del món.

–Us heu convençut? –els va preguntar, des de la porta, el senyor Eladi amb veu trista–. És il·lògic, increïble i impossible, ho sé; però no tinc més remei que admetre que el meu fill està enganxat al llibre. He intentat arrabassar-li'l, com vosaltres, però també he fracassat. Què més puc fer?

Aleix i Núria s'havien quedat al·lucinats: allò no tenia ni cap ni peus. Semblava cosa de màgia, però ells ja no tenien edat per a creure en foteses.

–Ha provat a destruir el llibre? –va suggerir Núria.

–Com? Botant-li foc? Això seria perillós! –va contestar Eladi Tardagost.

–He sentit a dir que el pitjor enemic dels llibres és l'aigua –va suggerir Manel.

–Ahir em van caure unes gotes de suc sobre una de les pàgines –va fer el senyor Tardagost–. El líquid es va esvarar com si res! Pareix paper impermeable.

Callaren tots tres i observaren novament aquell llibre misteriós. Com si fóra una estàtua de pedra, Aleix els ignorava i únicament movia les pupil·les dels ulls.

–I no menja ni dorm? –es preocupà ella.

–Tan sols accepta aigua, sucs i batuts. Es deixa portar al llit i, de tant en tant, fa alguna becadeta.

Aleshores prove de retirar-li el llibre, però es desperta i l'agafa amb més força.

–I... mmm... tampoc no va al bany? –va voler saber Manel.

–Sí, però s'emporta el llibre amb ell, sense deixar de llegir.

–Doncs algun dia acabarà de llegir-se'l! –va dir Manel–. Quant pot tardar?

–Acosteu-vos i comprovareu que la lletra és diminuta. Pel gruix, calcule que deu tenir més de mil pàgines. Aleix sol tardar mig dia a passar de pàgina.

–Vol dir que estarà cinc-cents dies així!? –s'astorà Núria–. És terrible!

–Sí que ho és –va admetre Eladi–. Un cos humà no pot aguantar aquesta situació tant de temps. La immobilitat provoca nafres a la pell i anquilosa els membres. Ho sé per la meua esposa, que va estar postrada al llit dos mesos. Si l'haguéreu vista als seus darrers dies! Fou horrible...

Manel i Núria observaren Aleix amb les cares lívides de pànic. Estava en perill la seua vida? Podia ser que un simple llibre el matara? El que abans els havia semblat una broma de mal gust, havia esdevingut una amenaça terrorífica.

–Hem de buscar una solució com siga! –exclamà Núria.

Aleshores el senyor Tardagost es posà a sanglotar com un xiquet. Manel i Núria se sentiren molt violents, no era agradable veure un adult en aquell estat.

–I si avisem un metge? –va proposar Manel.

–Açò no és una qüestió que puga resoldre la medicina! –va contestar l'home–. Si avise els metges, el prendran per boig i el tancaran en un psiquiàtric.

–Serà millor que isquem de l'habitació i ho raonem –va proposar Manel–. No sabem si Aleix ens escolta, potser l'estem espantant.

El senyor Tardagost els guià cap al menjador i s'assegueren al sofà silenciosos. Ell s'eixugava les llàgrimes amb un gran mocador de tela, Núria li palmejava l'esquena. Manel va decidir preparar-li una til·la per tranquil·litzar-lo.

–Des de quan està enganxat al llibre? –preguntà Núria quan l'home va aconseguir asserenar-se.

–Des de la nit del seu aniversari. Li'l vaig regalar.

–Com es diu el llibre? On el va comprar? –volia saber Núria.

–No conec el títol perquè no figurava a les tapes. El vaig comprar al LLIBER-OCI, el dia de la inauguració.

–I qui és l'autor? –insistia Núria.

–Tampoc ho sé.

–Però quina mena de regal li va fer? –s'esbalaí Núria–. Un llibre impermeable sense títol i d'un autor desconegut?

El senyor Tardagost recomençà els plors, desfet pels remordiments.

–Me'l va recomanar una dependenta i, a més, estava de promoció.

–Com era eixa venedora? –va inquirir Núria.

–Jove, bonica...

–Ja està! El van engalipar! No falla, els homes veuen una dona bonica i perden els sentits –va retraure-li ella–. Vés a saber qui era eixa i què li va vendre!

–Jo solament volia encertar el regal, no entenc la música actual i estic fart dels jocs electrònics –va intentar disculpar-se el senyor Eladi.

–És clar, vostés, els majors, estan entestats que llegim. I quina mania amb els jocs electrònics! –va tornar a atacar Núria–. Llegiu! Llegiu! Doncs ja ho té ací, ha enganxat el seu fill a un llibre! Si no volies brou, tassa plena.

El senyor Tardagost estava fet un mar de llàgrimes.

–Ja n'hi ha prou, Núria! Creus que el pare d'Aleix volia fer-li cap mal al seu fill? Deixa de culpar-lo, per favor –va dir Manel–. Vosté conserva el tiquet de compra?

–Sí, però a part del preu, només hi diu el nom de la caixera, Neus, i la frase «Llibre en promoció».

–Doncs seria convenient que tornara al LLIBER-OCI i localitzara la dependenta –va decidir Manel–. Ella podria donar-nos més informació sobre el llibre. Vaja-se'n ara mateix, nosaltres ens quedarem al costat d'Aleix.

El senyor Eladi Tardagost va eixir corrents de casa. Ja havia pensat tornar al LLIBER-OCI, però no volia deixar sol el seu fill. Amb l'abric a mig posar, es va internar a la boca del metro més propera, va comprar un bitllet i va baixar a la parada de Xàtiva, des d'on va caminar fins a la Gran Via Marqués del Túria.

El comerç no estava tan ple com el dia de la inauguració, però així i tot hi havia bastants clients. Va recórrer minuciosament totes les seccions i tots els passadissos, tanmateix no va trobar la venedora. Després, va preguntar a clients i dependents, fins i tot al guàrdia de seguretat. Resultà inútil perquè ignorava el nom d'aquella xica i amb la descripció física no era suficient.

A continuació s'acostà a les caixes, on els darrers clients apuraven el temps. Afortunadament, estava Neus, la caixera que l'havia atés l'altre dia. El senyor Eladi va esperar impacient en la cua fins que li arribà el torn.

–Busque la senyoreta que em va recomanar un llibre –va dir amablement mentre li lliurava la factura.

–Al tiquet no diu qui era –va respondre Neus.

–Ja ho sé, vosté em va assegurar que esbrinaria el seu nom perquè ella s'emportara la comissió.

–Mire, senyor, jo no em puc moure de la caixa i, per tant, em resulta impossible anar investigant qui ha venut els productes a cada client –explicà de mala gana.

Finalment, va acudir a informació i va fer les mateixes indagacions. El resultat va ser tan descoratjador com en els casos anteriors. S'havia fet l'hora de tancar el local, així que va pegar mitja volta i va eixir derrotat.

Manel i Núria li contaren que Aleix no s'havia mogut de la cadira, a pesar dels nous esforços per arrancar-li el llibre. Aleshores Eladi va explicar-los el fracàs obtingut i, a mesura que parlava, se li ennuegava la veu.

–No patisca, senyor Eladi –va consolar-lo Manel–. Demà nosaltres continuarem buscant la venedora. Diga'ns com era eixa dona!

–Estic tan confús... ella... tenia una veu realment agradable.

–Amb la veu no n'hi ha prou, senyor Tardagost –va impacientar-se Manel.

–Tenia la cabellera negra i arrissada, i li queia pels muscles –va afegir–. Lluïa una diadema daurada al cap. I quins ulls! Somreia amb tanta dolçor...

–I era alta o baixa? Prima o grossa? –va requerir Núria.

–Era igual d'alta que jo i... tenia el cos... harmoniós.

–Harmoniós!? –s'estranyà Núria–. Això què significa?

–Que era d'una bellesa clàssica... amb proporcions harmonioses...

–Vol dir que estava més bona que el pa –resumí Núria.

El senyor Tardagost va posar-se roig com un pebrot.

–Bé, en realitat vull dir que... vosaltres tal vegada la consideraríeu massa... voluminosa. Com les xiques d'ara us encaboteu a estar tan escanyolides...

Ara va envermellir Núria, que se sentia al·ludida amb aquell comentari.

–A mi no em done la culpa del meu pes! –es va indignar–. No sóc una anorèctica! Mon pare té colesterol, i el meu iaio, hipertensió; així que portem una dieta pròpia del Tercer Món. Ni els gossos mengen pitjor que jo!

–Núria, deixa'l tranquil! –la renyà Manel–. I no es fixà vosté en la placa de la venedora? No recorda absolutament res del seu nom o cognom?

–No, sóc molt despistat i sempre vaig de pressa –va contestar el senyor Tardagost, que ja estava destrossat–. No sé com li deien.

Quan Manel i Núria van eixir a l'exterior eren les nou i mitja de la nit. La foscor els va semblar més misteriosa que mai, el món havia deixat de ser el lloc segur que els adults havien assegurat que era. No hi havia refugi possible, estaven a l'abast de qualsevol amenaça, per ridícula que fóra: un monstre, un marcià, un terratrémol o... un llibre.

6
LA BARALLA

Tot i que havia telefonat a casa un parell de vegades, el pare de Manel l'esperava amb cara de pomes agres. L'home li va dir que no li pareixia bé que arribara a aquelles hores, encara que haguera anat a visitar un amic malalt. I el va advertir que aquell dia no el castigaria però que, si la tardança es repetia, prendria mesures. I de les dures!

–Va, deixa'l, Vicent. Que sope i demà serà un altre dia –va posar calma Roser, la mare del jove.

Manel la seguí a la cuina sospirant d'alleujament i va seure mentre ella li escudellava en el plat dues llesques de llom arrebossat.

–Tinc tanta fam que em menjaria un elefant –va dir el xicot.

–Que no t'han oferit berenar en casa del teu amic?

–No, el pare d'Aleix està tan afectat que ni se n'ha recordat.

–Tan malalt està el xiquet?

–Mmm... sí, però prompte es posarà bé. S'ha alegrat de veure'ns –va mentir Aleix.

–De veure-us? –va estranyar-se sa mare–. Qui heu anat?

–Núria i jo.

–Conec eixa Núria? No m'havies parlat mai d'ella. Com és?

Caram, quin interrogatori! Allò era denigrant. Tenia disset anys i continuaven tractant-lo com a un xiquet. Quan s'adonarien que havia crescut? No necessitava justificar-se davant de ningú.

–És la nóvia d'Aleix, una xicota molt peculiar. Però, si vols més informació, posa'm un detectiu i que t'ho confirme.

–D'acord, fill, ja n'hi ha prou. Acaba de sopar i renta els plats –va contestar Roser, dolguda–. Després, vés-te'n a dormir... Si tens alguna cosa per estudiar, matines demà.

Sa mare va eixir de la cuina en silenci i Manel va sentir una punxada de remordiment. Era un bleda, no podia discutir amb ella sense penedir-se'n. Disset anys? De vegades semblava tenir-ne deu. Quin cagat! Enfadat amb tots i especialment amb ell mateix, va pujar a l'habitació que compartia amb el seu germà Raül.

L'endemà, dijous, de camí a l'institut, va topar-se amb un parell de companys que parlaven del darrer fitxatge del València CF, un crac de dinou anys que salvaria el club. Manel es preguntava si els cracs també donarien explicacions als pares. A la porta del centre, hi havia Núria esperant-lo. La xicota portava un jersei negre de coll alt, una faldilla escocesa i aquelles botes militars tan espantoses. A més del fúnebre maquillatge habitual, lluïa una llàgrima roja a la galta dreta.

–Hola, t'esperava –va saludar-lo–. He pensat que hauríem d'anar al LLIBER-OCI a investigar pel nostre compte. Sincerament, el pare d'Aleix no em sembla massa espavilat.

–Em sembla bona idea.

–Anirem aquest mateix matí, quan acabem les classes.

–Però és que no puc tornar tard a casa...

–Ni jo, els meus pares s'emprenyaran, però m'arriscaré per Aleix.

–I jo també! A la una, ací.

Van ser puntuals tots dos, agafaren un bus cap a la Gran Via i baixaren pràcticament a les portes del LLIBER-OCI. A la botiga hi havia poca gent comprant, allò era un avantatge. Manel va decidir revisar la primera planta i Núria pujà a la segona. Cadascú per una banda van anar examinant els rostres de les venedores, cap d'elles responia al perfil de la descripció. Així i tot preguntaren a venedors, caixers i clients, fins i tot a una dona de neteja que fregava el terra. Tots contestaven que no sabien qui era aquella dependenta alta, robusta i educada, de veu dolça i preciosa cabellera negra.

–El dia de la inauguració hi havia més venedors que mai –els explicà un caixer que havia simpatitzat amb Núria–. L'empresa contractà personal eventual per a fer front a l'allau de clients.

El resultat fou tan decebedor com el que havia obtingut el senyor Tardagost. A més, alguns treballadors començaven a mirar-los malament.

–Eixa xica s'ha esfumat –va queixar-se Núria.

–Solament va treballar aquell dia i per això ningú la recorda. És hora de retirar-nos i pensar una altra estratègia.

Manel va tornar a casa a les dues i mitja. Sa mare, que preparava el dinar, no va retraure-li el retard. A canvi, ell va ajudar-la a parar taula i també va oferir-se a acompanyar els germans menuts al col·legi. A les tres arribà el pare del treball i van seure tots a taula.

–Com van les coses per l'institut, Manel? –va voler saber el pare, que sempre arribava a casa de mala veta–. Espere que no et fiques en embolics.

–No m'agraden els embolics, bé que ho saps.

–On has estat avui després de les classes? –afegí sa mare.

–Estudiant en la biblioteca i visitant Aleix.

–Qui és Aleix? –va voler saber Raül–. Eixe que té una nòvia gòtica?

–Gòtica? Això què és? –va preguntar Fermí, el més menut.

–Rara –va resumir Raül.

–No és tan rara –la va defensar Manel.

–Ahir em vas dir que era una xica peculiar –va recordar la mare.

Volien pescar-lo? Si continuaven així, s'hauria de buscar un advocat. De moment va optar per callar i no va obrir boca fins a l'hora d'eixir de casa, per si clavava la pota. En arribar a l'institut, va ajuntar-se amb el seu company Raimon.

–Escolta, Manel, no vull ficar-me on no em criden... però t'ho he de dir. No em pareix bé que t'aprofites de la malaltia d'Aleix per a furtar-li la nòvia.

Manel es va posar roig d'ira i d'una manotada va tombar el xicot. Raimon va alçar-se de terra indignat i va tornar-li el colp. La resta de companys s'acostaren i van tractar de separar-los. Manel estava encegat de ràbia i pegava colps de puny i puntades de peu a Raimon, que no sabia com aturar aquell atac tan inesperat. Finalment, va arribar Guillem, el professor de matemàtiques, i va posar ordre. Després de calmar-los amb gran esforç, els conduí al despatx de la directora.

Mercé Peris repassava un informe sobre la violència a les aules que li havia remés per correu electrònic l'inspector de zona. Aquell document pretenia donar eines els professors per a prevenir i posar fi a les baralles i al vandalisme. Però Mercé pensava que l'inspector exagerava. Al seu institut, almenys fins ara, imperava l'ordre i el respecte. Els seus alumnes no eren vàndals.

–Què ha passat exactament? –va voler saber Mercé, quan es presentà Guillem amb els dos xicots.

–Unes empentes de res –va confessar Raimon–. He insultat Manel i ell s'ha posat nerviós. Perdona'm, Manel. Ho lamente, Mercé.

–Jo sóc l'únic culpable –va interrompre Manel–. No m'he sabut controlar.

Mercé va mirar-se'ls disgustada. Qui ho havia de dir? Manel i Raimon no li havien donat mai cap problema. Ara només li faltava que se li amotinaren els estudiants.

–Vaja, així que lamenteu la vostra conducta! Doncs amb això jo no en tinc prou. Fixeu-vos en el vostre aspecte... sembleu dos delinqüents!

Raimon tenia una galta inflamada i el llavi inferior amb sang. Manel exhibia diversos arraps a la cara i la samarreta esgarrada.

–Sóc la màxima responsable del que us passe estant al centre. Quin exemple heu donat als vostres companys? I què dirà la vostra família? El penediment no és suficient. Per això estudiaré si òbric expedient o no... Encara que tindré en compte que no teniu antecedents. Això sí, citaré els vostres pares per explicar-los el succés.

A Manel i Raimon se'ls posà la cara més groga que el safrà. Això de l'expedient sonava fatal. Però pitjor encara resultava que se n'assabentaren els pares.

–I, a més, com a castic, us encarregareu de la biblioteca durant l'esbarjo el temps que jo considere oportú. Ja sabeu que la nostra bibliotecària està de baixa laboral.

–La biblioteca!? –es queixaren alhora.

–Sí, de moment la biblioteca –es plantà Mercé–. I no descarte imposar-vos altres tasques, com la neteja del pati. Abans de tornar a l'aula, passeu per consergeria i cureu-vos les ferides.

Eixiren aclaparats i adolorits. El conserge els facilità la farmaciola. Ells es fregaren les ferides amb aigua oxigenada i s'aplicaren iode. No es queixaven però se'ls veia el dolor pintat a les cares magolades.

–Tio, te n'has passat de la ratlla –va dir Raimon.

–Tu sí que te n'has passat, imbècil. M'has acusat de furtar-li la nóvia al meu millor amic.

–Sí, però no calia que et llançares sobre mi. Ara ens haurem de passar el temps de l'esbarjo classificant llibres i demanant als *empollons* que callen.

Podien anar les coses pitjor? Manel no va atendre les explicacions del professor de matemàtiques, se sentia observat pels altres i desgraciat com mai en sa vida. Hi hauria algú més que pensara que ell anava darrere de Núria? Allò el sulfurava. Durant l'hora d'educació física, no el van deixar jugar a futbet per culpa de les ferides i va seure al banc amb el cap entre els colzes. Després, se'n va anar a casa sense acomiadar-se dels amics, arrossegant els peus, com un gos perdut.

7
L'ÀNGEL

Núria va dinar silenciosa i capficada, sense fer cas dels comentaris dels pares i l'avi. Una idea li bullia al cap i amenaçava d'explotar si no la portava a la pràctica. Havia vist càmeres de seguretat per tots els passadissos del LLIBER-OCI i estava segura que alguna hi devia haver enregistrat el moment en què s'havien trobat el pare d'Aleix i la dependenta misteriosa. Seria possible accedir al contingut de les cintes?

Laia no estava, s'havia quedat a dinar a la facultat. Així que, aprofitant aquella absència, va esmunyir-se dissimuladament a la cambra de la seua germana. Va obrir l'armari i va escollir un vestit de color blau i un parell de sabates de mig taló. Després, va posar-ho tot en una bossa de plàstic i va eixir corrents en direcció a l'institut.

Ja en el centre, va escoltar que Manel i Raimon s'havien barallat i que els havien portat al despatx de la directora. Quina estupidesa! Barallar-se! Pensava que Manel era més llest. Ningú no parlava de res més, però ella ja en tenia prou. En acabar les classes va eixir disparada cap a la parada del bus.

Enfront del LLIBER-OCI hi havia un bar tranquil i menut on unes quantes persones majors bevien café i xarraven a mitja veu. Núria va demanar un batut de xocolate i se'l va prendre en dos glops. A continuació va anar al lavabo, es va llevar la roba i se la canvià per la de Laia. Li venia una mica gran, però no li importava. Va rentar-se la cara amb aigua freda i es va traure tot el maquillatge. L'espill li retornà una imatge desconeguda, pareixia una *nena de papà* amb rostre angelical.

Va eixir del bar i s'encaminà al LLIBER-OCI. A la porta principal hi havia un guàrdia de seguretat més gran que un armari. Començava la funció.

–Hola, bona vesprada! –va saludar al guàrdia, fent cara de llàstima–. Podria ajudar-me, per favor?

–Dis-me què et passa, reina.

–El meu iaio ha desaparegut. Té Alzheimer, però encara està en una fase estable. És un gran lector i el dia de la inauguració del LLIBER-OCI va venir a comprar. No va voler que ningú de nosaltres l'acompanyàrem. Des d'aquell dia, no l'hem tornat a veure.

–I com vols que t'ajude, bonica? –va preguntar el vigilant.

Núria va esforçar-se a vessar unes quantes llàgrimes, conscient que els seus ulls verds es feien més brillants quan plorava.

–Vull molt el meu avi i estic sofrint per ell –va dramatitzar–. La qüestió és que no sabem si realment ell va arribar ací. Per això he pensat que les càmeres de seguretat podrien ajudar-me a esbrinar-ho.

–Però la policia ja deu estar investigant, veritat?

–És clar que sí, però jo vull fer tot el que puga per trobar-lo.

El guàrdia de seguretat va assentir amb el cap, admirat per la valentia d'aquella xica.

–Ho lamente molt, de veritat –va contestar–. Però no puc fer-hi res, em jugue el lloc de treball.

Núria va amollar unes quantes llàgrimes més, aquesta vegada sense esforçar-se.

–Vés al «Servei d'Atenció al Client» i comenta-ho amb la responsable –va aconsellar el vigilant, assenyalant un taulell–. Digues que t'hi he enviat jo.

Núria va acostar-se al taulell amb el cap cot i va desitjar de tot cor tenir-hi més sort. Hi havia algunes persones que també esperaven ser ateses, així que va haver de fer cua. Mentrimentres, observava amb atenció la responsable: devia ser aquella senyora de cara seriosa que picava un bolígraf sobre el taulell alhora que responia a un client apocat. En canvi, a l'altra banda, hi havia un dependent jove de cabells ben pentinats, ulleres redones i una barba retallada entre la qual mostrava un somriure atent.

–Bon dia, puc ajudar-la? –li va preguntar la dona seriosa.

–Sí, m'ha dit el guàrdia de seguretat que vinguera ací. Busque una de les venedores que atenia els clients durant el dia de la inauguració. Resulta que li va vendre un llibre al meu avi, que està malalt d'Alzheimer i s'ha extraviat. Així que és molt important que parle amb ella.

–Ho sent molt, però les dades del nostre personal són confidencials –va dir la dona–. Si les proporcionàrem a qualsevol, violaríem la seua intimitat.

–No sóc qualsevol, sinó una persona amb problemes –va empipar-se Núria.

–Tots tenim problemes.

–Sí, però els meus són especialment greus.

–Doncs vés a la policia i que t'ajuden.

«I a tu, que et bomben», va pensar Núria, a punt de llançar-se al coll de la dona i estrangular-la.

A continuació, va vagarejar pels passadissos del comerç sense saber on acudir. Aleshores, algú va tocar-la al muscle i ella va girar-se. Era el jove d'aspecte amable i barba retallada.

–Perdona'm, no he pogut evitar escoltar el que deies. Em sap greu això del teu avi, jo sé com és de terrible l'Alzheimer i vull ajudar-te a recuperar-lo. Em diuen Àngel.

Ella va oferir-li un dels seus millors somriures.

–Jo sóc Núria i t'estic molt agraïda. Hi ha cap manera d'accedir a les gravacions de la càmera de seguretat?

–Vine amb mi.

Àngel la va conduir pels corredors fins a la secció dels llibres i es va posar davant d'un ordinador que reposava sobre un petit taulell en un racó.

–El que em dispose a fer no és molt correcte, per tant hem de ser discrets –va dir en veu baixa–, entesos? Aquest ordinador serveix per a localitzar els llibres que els clients ens demanen, però jo conec una clau amb la qual podem accedir a les gravacions de la càmera de seguretat. Pareix complicat, però no ho és tant.

Ella va fer que sí amb el cap, encara no s'acabava de creure que allò estiguera passant. Àngel va afanyar-se a introduir dígits i prémer botons fins que la pantalla va començar a mostrar escenes de diferents angles del local.

–Podríem tirar enrere i veure les gravacions del dia de la inauguració?

Ell no va contestar, sinó que va accionar un mecanisme i les imatges van moure's. Fou com veure una pel·lícula marxa enrere a tota velocitat.

–Bé, ja estem en el dia de la inauguració –va dir–. Fixa-t'hi i dis-me si veus el teu avi.

Núria estava realment sorpresa: sens dubte, aquell xic era un vertader as de la tecnologia. Però s'havia de concentrar i observar amb atenció les imatges dels centenars de clients que passejaven pel local i la frenètica activitat dels venedors i caixers. Uffff... era com buscar una agulla en un paller.

–Un moment! Ací el tenim! –va cridar Núria fent un bot–. És aquest home que entra per la porta!

Àngel va aturar la imatge i va engrandir-la perquè ocupara tota la pantalla.

–Aquest? Sí que és jove! –es va sorprendre–. M'imaginava que el teu avi seria més vell...

–Físicament es conserva bé, però el mal va per dins –va tornar a mentir Núria–. Pobre home!

Com que ja el tenien identificat, Àngel va ordenar a la màquina que buscara totes les imatges que coincidiren amb aquella persona. Aleshores la pantalla els mostrà diverses escenes on el senyor Tardagost remenava les prestatgeries de jocs electrònics, música i llibres. I de sobte... allí estava la venedora misteriosa.

–Atura't! –va exclamar Núria–. Amplia la imatge d'aquesta xica!

Àngel va obeir. La cara de la venedora no es distingia amb claredat, però Núria va poder comprovar les corbes arredonides del seu cos. Era tal com l'havia descrita el pare d'Aleix: una tia massissa (com en dirien alguns homes, d'altres serien més grollers).

–I la placa amb el nom? –va inquirir emocionada–. Podem veure com es diu?

El jove va enfocar la placa enganxada a la voluminosa pitrera.

–KLP –va dir–. Això diu en la placa. Estrany! Normalment ningú porta escrites les inicials, sinó el nom i el primer cognom. Per exemple, Kati López.

–Ara és qüestió de trobar KLP i parlar amb ella. La reconeixes?

–No, no la reconec i la veritat és que aquesta dona no és de les que passen... ehem... desapercebudes.

–M'ho imagine. Aleshores, quina explicació trobes?

–Deu ser una de les moltes persones que van contractar exclusivament per a aquell dia.

Núria es va sentir perduda. Si Àngel no li facilitava més pistes, no podria fer-ho ningú.

–Espera, continuem mirant, per si descobrim res d'interessant –va proposar Àngel.

Ambdós veieren com KLP desapareixia i tornava amb un llibre que li oferia al senyor Tardagost. A continuació aquest se'n va anar a les caixes, va pagar i va eixir del LLIBER-OCI. Després, per més que intentaren retrobar la venedora, no els va ser possible.

–No pot haver desaparegut! –va dir Núria–. Cal que figure en algun altre arxiu.

–Si no és que algú ha esborrat les imatges.

–Vols dir que això és possible?

–Sí, o potser el sistema va fallar. Va ser un dia de molta faena, fins i tot per a les càmeres.

Àngel va deixar l'ordinador i va encarar-se amb Núria.

–He de tornar al meu lloc. Ester es deu preguntar on m'he ficat.

–Gràcies, Àngel. Has sigut molt amable amb mi.

Núria es va acostar i va li va fer una besada a la galta (els pèls de la barba li feren pessigolles, però fou una sensació agradable).

–M'agrada ajudar la gent –va enrojolar-se ell–. Per això estic en Atenció al Client. Si em facilites el teu telèfon, intentaré esbrinar qui és KLP.

Al·leluia! Aquell xicot era, sens dubte, un àngel baixat del cel. Núria va arrancar un full del bloc de notes que portava al sarró, va anotar el número del mòbil i va donar-li'l al seu àngel de la guarda. Quan va eixir del LLIBER-OCI, sentia renàixer l'esperança al cor.

8
EL CARRER DE SALAMANCA

Normalment, els divendres Manel se sentia eufòric, la perspectiva de tenir tot el cap de setmana per davant li pujava els ànims fins a un nivell altíssim, però aquell dia seia avorrit darrere del taulell de la biblioteca. Tenia la moral esclafada. El dia anterior, en tornar de l'institut, havia contat la veritat als seus pares. Bé, almenys, part de la veritat. Els havia dit que s'havia barallat amb Raimon perquè l'havia insultat i que la directora ja els citaria per donar-los més detalls. Els pares van renyar-lo i sermonejar-lo durant quasi una hora i el castic fou terrible: un mes sense paga i, per si no n'hi havia prou, s'encarregaria de la bugada familiar durant quatre caps de setmana.

De sobte, es va obrir la porta de la biblioteca i, com un vendaval, va entrar-hi Núria. Directament va anar cap on es trobava Manel i va exclamar entusiasmada:

–Ho tinc! Tinc les dades de la venedora!

Cinc o sis rostres d'estudiants avorrits alçaren la vista dels llibres que llegien i examinaren l'esvalotadora amb curiositat. Aquella no era una usuària assídua de la biblioteca, quina sorpresa! Raimon va demanar silenci, però els estudiants ja havien perdut tota concentració i miraven l'escena expectants. Manel va eixir corrents del taulell i va arrossegar Núria cap a l'exterior.

–T'has tornat boja? Tothom ens observa!

–I què? Que ens miren si volen. A mi no m'importa!

–Saps quina és la darrera xafarderia que circula per l'institut? Que tu i jo estem junts. Tu i jo! T'ho imagines?

Núria va esclatar en sorolloses riallades. Els estudiants de la biblioteca s'abocaren a les finestres molt acomboiats. L'espectacle continuava i, a més, era gratuït.

–Quina ximpleria! Per això t'has barallat amb Raimon?

–Sí. Tu què hauries fet en el meu cas?

–Va, deixa'ls que parlen! Són uns ignorants. A més, tenim altres assumptes més urgents per atendre. He aconseguit les dades de la venedora misteriosa. Li diuen KLP i viu al carrer de Salamanca.

–El carrer de Salamanca! Eixa és una de les zones VIP de la ciutat i, si no m'equivoque, està prop del LLIBER-OCI. Mmm... Què significa KLP?

–Imagine que K deu ser la inicial del nom i LP les inicials dels cognoms de la xica.

–No vull desil·lusionar-te, però encara que trobem eixa venedora, què aconseguirem?

–No ho sé, però és l'única pista que tenim per a resoldre el problema d'Aleix. Per tant, li farem una visita i que ens parle del llibre maleït –va dir a Núria abans de fer mitja volta–. Ens veurem a les cinc en la parada de bus que hi ha ací al costat!

El carrer de Salamanca, que forma part de l'històric barri de l'Eixample, és una barreja d'antics casalots d'estil modernista, nous edificis i botigues cares, on conviuen els membres de la classe benestant. A les voreres, el til·lers proven de posar la nota ecològica a l'ambient cosmopolita, però ho tenen difícil pels fums i sorolls de l'abundant trànsit.

L'edifici que buscaven tenia la façana rehabilitada, amb bonics relleus de guix i moltes finestres de fusta noble. Sobre la immensa porta principal lluïa l'escut familiar dels propietaris del segle passat. Al vestíbul hi havia la porteria, una petita cambra amb les parets de vidre. Dins havien entaforat una taula i una cadira d'oficina. Una dona pàl·lida i esprimatxada, que devia tenir una cinquantena d'anys, vestida de negre i amb els cabells castanys arreplegats en un monyo sobre la nuca, va rebre'ls amb un somriure postís.

–Bona vesprada, a quin pis aneu?

–Al quart –respongué Núria.

–A qui voleu visitar? –va inquirir la portera mirant-la amb desaprovació.

–Doncs a una amiga que hi viu, és un poc més major que nosaltres –va dir Manel recelós.

–Sols un mica major? La propietària del quart té més de noranta anys!

Manel i Núria es van mirar desconcertats, allò no els quadrava.

–Nosaltres busquem una familiar de la propietària –va improvisar Manel–. Potser una neboda o una néta.

–La senyora no té família.

La maleïda portera els estava enfonsant en la misèria i, damunt, pareixia gaudir-ne.

–De tota manera volem parlar amb ella –va insistir Manel–. És un assumpte urgent.

–La senyora no rep visites de ningú. Únicament vénen a cuidar-la l'assistenta social i la xicota del BAF.

Manel i Núria van emprendre la retirada, calia estudiar la manera de burlar la vigilància d'aquella carcellera. Novament a la parada del bus, camuflats entre la gentada, estigueren observant l'edifici.

–Estàs segura que la venedora viu ací? –va insistir Manel.

–He fet amistat amb Àngel, un dependent del LLIBER-OCI. Ell m'ha telefonat i m'ha dit les dades de la dependenta misteriosa. Per què m'hauria de mentir?

Mentrimentres, un matrimoni de mitjana edat va eixir del portal cap al carrer: ella era alta i rossa; ell tenia els cabells grisos i caminava elegantment recolzat sobre un bastó de puny argentat. Després, un xicot més jove, amb melena i barba rogenques, hi va entrar carregat amb tres grans paquets quadrats. A continuació, el fornit dependent d'un supermercat hi va introduir un carro atapeït de queviures. Ningú més... i cap d'ells s'adia amb l'aspecte de la venedora.

–Si KLP no és la propietària del quart pis, pot ser l'assistenta social o la xicota del... BAB –va comentar Manel.

–Crec que ha dit BAF. Això què deu ser?

–No ho sé, però està fent-se tard. Haurem d'anar-nos-en.

Decidiren que l'endemà continuarien les investigacions. Manel encara va visitar Aleix abans de tornar a casa. El seu amic no havia millorat. Son pare li oferia un batut de fruites i se'l bevia amb una palleta sense donar cap signe de satisfacció. Manel, que encara no acabava d'entendre l'actitud d'Aleix, va agafar de sobte una cadira i va arrossegar-la pel terra provocant un soroll estrident. El senyor Eladi es va sobresaltar, però Aleix ni tan sols va parpellejar.

–No funciona, Manel, jo també he provat a distraure'l i no reacciona de cap manera –va dir Eladi–. Estic desesperat i tinc la sensació que no faig res per ajudar-lo...

–Nosaltres estem investigant i ja tenim alguna pista. Però vosté ha d'ajudar-nos, perquè els meus pares estan molt nerviosos i no es refien de les meues excuses.

–Odie mentir, però seré la vostra coartada mentre ho necessiteu –va afirmar el senyor Tardagost.

En arribar a casa, Manel va afanyar-se a buscar a Internet informació sobre el BAF. Va obtenir 276.000 resultats. Horror! Hauria d'examinar-los tots? Just quan anava pel que feia deu, van interrompre'l.

–Hola, estàs estudiant física? –era Jaume, el seu germà d'onze anys, un repel·lent que es creia el més llest del món.

–No, en realitat estic estudiant la forma de desfer-me del meu germà menut. I ja he trobat alguna cosa interessant! Te la conte o la practique directament?

Jaume va eixir corrent i al cap d'una estona va venir acompanyat de la mare, que feia cara de màrtir.

–Per què li has parlat així a Jaume? –va voler saber ella.

–Perquè és un pesat. No puc fer res sense que ningú em moleste?

–Sí, fill meu, clar que pots –va bufar Roser–. Però d'ací a cinc minuts deixa l'ordinador lliure, que Jaume també necessita utilitzar-lo. Recorda que demà és dissabte i has de fer la bugada: vull la roba impecable! Vés amb compte amb les samarretes de Fermí, que tenen taques d'oli i hauràs de fregar-les abans de posar-les a la rentadora.

Quin calvari! Com se n'aprofitaven, allò era un cas clar d'explotació juvenil! Estava vist que els joves haurien de fer una revolució, com els russos o els francesos. I ell encapçalaria la lluita de bona gana: «Visca la llibertat, avall els adults manipuladors que ens enganxen als llibres!», cridaria pels carrers de la ciutat.

9
JO TAMBÉ SÓC DEL BAF

El despertador va sonar a les set i mitja del matí. Núria va fregar-se els ulls i va badallar diverses vegades abans de poder alçar-se del llit. No estava acostumada a matinar els caps de setmana, però aquell dia s'havia proposat desemmascarar la venedora del LLIBER-OCI. Va rentar-se la cara amb aigua freda i va escollir roba molt discreta, no volia cridar l'atenció. Sa mare treballava avui, son pare encara no s'havia alçat de llit i Laia estudiava al despatx. La casa era una bassa d'oli. Mentre desdejunava llet amb galetes, va aparéixer l'avi.

–On vas tan matí? –s'estranyà l'ancià.

–A estudiar a la biblioteca, he de fer un treball de llengua castellana i em cal buscar unes dades.

–Les biblioteques són un bon lloc, jo hi anava a sovint –va admetre l'ancià amb cara de despistat, però Núria sabia que allò era pura façana. L'home no s'havia cregut ni una sola paraula de la néta.

–Li ho explicaràs a mon pare, per favor?

–Sí, es quedarà molt content.

Quan faltava un quart per a les nou, Núria ja estava en la parada del bus d'enfront de l'edifici del carrer de Salamanca. Feia un fred que pelava. Es va embolicar amb l'abric i es va encasquetar el barret de llana fins a les celles, després es va traure una revista del sarró i va fer com si la llegira, per dissimular.

Al cap de poca estona, va veure com entrava un grup de quatre persones a l'edifici: tres homes i dos dones, molt ben vestits i seriosos, amb maletins a les mans. Algun d'ells badallava dissimuladament. A continuació, la portera va eixir i va ficar-se en una cafeteria. Ràpidament, Núria va entrar al vestíbul i va fer una ullada a les bústies. El jove barbut d'ahir la va sorprendre *in fraganti* però no va fer-li cas, tenia tot l'aspecte de no haver passat la nit en casa i va pujar els esglaons agafant-se de la barana. Quan la portera va tornar, ella ja estava una altra vegada en la parada, com si res. Tret d'una parella amb l'uniforme de netejadors, cap altra persona va rondar la casa.

Manel va arribar gairebé a les onze del matí, de mal humor i renegant per la quantitat de roba bruta que generava la seua família. Núria va procurar fer-li un informe detallat de la situació i li va contar com havia anat la inspecció de les bústies.

–Al primer pis, viuen el senyor i la senyora Bermúdez, que deuen ser el matrimoni que vam veure ahir. No veges quina placa més brillant que tenen a la bústia! Al segon pis hi ha un despatx d'advocats, a qui he vist passar aquest matí. Cap d'ells s'assemblava a la venedora. El tercer pis pareix buit, de fet, fixa't que les persianes estan tancades i molt polsoses. El quart pis no tenia placa, però la bústia tenia correspondència, sobretot de propaganda. Al cinqué pis viu un tal Pujol i Llander, d'ofici artista (aquest darrer deu ser el melenes). Ah, i he descobert que no hi ha ascensor.

Manel va quedar molt impressionat per l'eficiència de Núria i es va afegir a la vigilància. Cap a les dotze van eixir els Bérmudez, tan elegants com el dia anterior, ella xarrava animada i ell feia jugar el bastó. Minuts després va entrar una xica baixeta i vestida de forma tan senzilla que desentonava en aquell ambient, tal vegada era l'assistenta d'algun dels propietaris.

–Tinc la sensació d'estar perdent el temps –es va queixar Manel.

Tanmateix, a les 12:30, van veure aparéixer per la vorera una xicota jove i alta, amb ulleres de muntura roja i cabells llargs arreplegats en una cua. Portava una samarreta blanca on es podia llegir clarament «Jo també sóc del BAF». Ambdós van saltar nerviosos: havien d'abordar-la abans que creuara la porteria.

–Ei, disculpa, ets del BAF? –va improvisar Manel, acostant-se-li al trot.

Ella va dedicar-li un somriure amable que deixava a la vista una dentadura blanca i perfecta.

–Sí, Ben Atesos i Feliços –va contestar estirant-se la samarreta.

–Com? –va estranyar-se Manel.

–Que sí, que sóc del BAF: Ben Atesos i Feliços, el nostre lema.

De sobte, Núria va recordar que Laia havia parlat alguna vegada d'un col·lectiu d'universitaris que atenia ancians desemparats. De fet, li ho havia contat a l'avi quan aquest es queixava de l'actual falta de sensibilitat dels joves.

–Nosaltres volem apuntar-nos al vostre grup –va mentir Núria.

La xica tenia els ulls foscos i grans, la pell blanca amb les galtes rosades i el cos agradablement arredonit. Ben bé podia ser KLP.

–Sou massa joves, un dels requisits per a adscriure-s'hi és la majoria d'edat.

–Jo tinc disset anys, em falten tres mesos per complir divuit –va dir ell inflant el pit com un gall.

–Doncs aleshores podràs unir-te al nostre grup –va contestar ella amb veu maternal.

–Sí, però ens agradaria veure-us actuar, saber quina és la vostra tasca –va tornar a mentir Núria–. Així sabrem de què va la cosa.

La xica s'ho va rumiar una estona i després va accedir.

–D'acord, resulta esperançador que vulgueu millorar la societat. Els ancians s'ho mereixen tot –començà a alliçonar-los–. No són deixalles, sinó persones amb molta experiència i saviesa. En altres cultures, els vells són considerats quasi déus...

Núria va pensar que l'avi Joaquim li donaria tota la raó, però ella no havia vingut a escoltar lliçons de moral, sinó a salvar Aleix.

–Veniu amb mi i us presentaré la senyora Llum, s'alegrarà de rebre visites noves. L'assistenta social que l'atén és massa eixuta, està a punt de jubilar-se i no té ganes de broma –va continuar raonant alegrement–. Per cert, em diuen Regina.

Regina? Oh! La R no es corresponia amb cap de les inicials de KLP.

–Qui us ha parlat de nosaltres? –va voler saber.

–La meua germana Laia.

–Laia? Crec que no la conec, és del nostre grup?

–No, ella... no té temps per a cuidar ancians... està sempre molt ocupada amb els estudis.

Passaren tan veloços per davant de la portera, que aquesta no va poder interceptar-los. Els esglaons eren de marbre, a les parets ressaltaven boniques rajoles de Manises i la barana era de fusta de primera qualitat. Núria panteixava una mica quan Regina va prémer tres vegades el timbre del quart pis.

Al tercer toc, la porta es va obrir amb un grinyol estrident. Aleshores va aparéixer una dona més vella que l'arna, d'un metre i mig d'alçada, amb l'esquena encorbada, tan prima i fràgil que semblava que anava a trencar-se pel mig en qualsevol moment. Portava els ulls parapetats darrere d'unes grans ulleres de cul de got. A la pell grisa no li cabien més arrugues i els escassos cabells blanquíssims li dibuixaven una aura al cap. Portava un suèter de llana gruixut i una falda ampla que se li enrotllava en les cames. No s'havia posat mitges i els turmells es veien solcats de petites i retorçades venes blaves. Als peus s'havia col·locat unes xancles de platja que li donaven l'aspecte d'una extravagant turista nòrdica.

–Bon dia, senyora Llum. Mire, li presente dos amics. Com està vosté avui?

Aleshores van sentir un soroll paregut al brunzit d'un insecte i Núria va pensar que s'havia colat un abellot en casa.

–Diu que s'alegra de veure'ns i ens dóna la benvinguda –va traduir Regina.

Aquell soroll era la veu de la vella? Doncs continuava brunzint, és a dir parlant, sense parar. I, miraculosament, Núria començava a desxifrar alguns sons. Manel, en canvi, estava totalment despistat i l'escoltava amb la boca oberta.

–Diu que passem avant –va informar Regina–. Podeu fer una ullada a la casa, si voleu.

Però allò no era una casa, sinó una barreja de museu i biblioteca. A totes (absolutament totes) les parets hi havia prestatgeries plenes, farcides de llibres, des del sostre fins a terra. Algunes fotos antigues d'imatges borroses (en blanc i negre i sèpia) s'intercalaven com podien en aquella bogeria literària. Al sostre, creuat per llargues bigues de fusta, penjaven llums gegants amb llàgrimes de cristall que tremolaven lleument i produïen reflexos a les parets.

–La senyora Llum col·lecciona llibres, com heu comprovat –va explicar Regina–. En deu tenir més de mil exemplars... veritat que sí, senyora Llum?

L'anciana no va contestar. Caminava amb passes vacil·lants i, en arribar al saló, es va deixar caure en un sofà tan vell com ella i va emetre un llarg sospir de cansament.

–Com anem de provisions, senyora Llum? Vaig a comprovar la nevera –va continuar parlant Regina–. Vosaltres quedeu-vos ací amb ella i feu-li companyia, torne de seguida.

Manel i Núria van romandre drets davant de l'anciana, que els mirava fixament sense ni tan sols parpellejar. Manel tenia la desagradable sensació que la vella els estava llegint els pensaments, que havia descobert el vertader motiu de la visita i que no estava gens contenta. Aleshores una esgarrifança li va recórrer l'espinada, de dalt a baix.

10
REGINA

Hores després, el xicot intentava recuperar-se del trauma prenent un got de xocolate ben calent al bar. Quan Regina i Núria havien eixit a comprar, ell no havia tingut més remei que quedar-se i continuar fent companyia a la senyora Llum. Havent eixit les xiques, aquella mòmia vivent s'havia alçat del sofà i s'havia passejat per la casa com una ànima en pena, arrossegant els peus i agafant-se de les parets. Manel l'havia seguida i havia intentat iniciar alguna conversa, però el seu intent va ser inútil perquè no obtenia cap brunzit de resposta. De sobte, la vella va obrir una porta i va endinsar-se en una cambra fosca; quan Manel anava a entrar-hi també, ella va tancar-li la porta als nassos. Cansat i molest, Manel va tornar al saló i va seure al sofà. El silenci era absolut, com si estiguera sol al món, però pressentia que algú l'observava d'amagat. Va fer una ullada nerviosa al seu voltant i, tret dels llibrots i del mobiliari antiquat, no va descobrir res de sospitós. Aleshores va percebre el tic-tac insistent d'un rellotge i va decidir fer una volta per la casa per esbrinar-ne l'origen. Després de recórrer dos dormitoris i la cuina, Manel estava convençut que aquelles cambres no tenien cap altra utilitat que la d'emmagatzemar llibres, que aquella mòmia mai no dormia en el seu llit de llençols tan ben planxats ni menjava en aquella cuina de rajoles brillants. Així que, si no menjava, per què havia enviat les xiques a fer les compres? Volia quedar-se sola amb ell? El maleït tic-tac se li havia clavat al cervell i l'ansietat l'ofegava. Per distraure's, va estirar el llom d'un dels llibres a fi de fullejar-lo, però fou impossible. Aquells llibres estaven tan encastats que no hi havia forma humana de traure'n cap. Tic, tac, tic, tac...

–Ei, en què penses? –va preguntar Núria, que es bevia tranquil·lament el refresc de cola al seu costat–. Fas mala cara.

Manel va recordar que el malson havia finalitzat. Ara estava amb Núria en un bar, on s'havien ficat després d'eixir de casa de la senyora Llum. Les cames encara li feien figa, tanmateix no ho hauria confessat així que el torturaren fins a la mort.

–No em passa res.

–De veritat? Doncs estàs més blanc que la llet –va insistir ella.

–Per això em prenc el xocolate, no? –dissimulà–. He agafat fred dins d'aquell pis tan gran. No hi havia ni una maleïda estufa.

–Bé, espavila't i passem al pla d'actuació. He parlat amb el senyor Eladi, aquest cap de setmana l'ajudaré amb Aleix mentre ell fa les compres i endreça la casa. Per tant, tu continuaràs la investigació.

–No em fotes! –s'espantà Manel–. I a qui he de vigilar? A la mòmia?

–Sí, la de Tutankamon! Quin borinot! –s'impacientà Núria–. A Regina. Al capdavall se suposa que és KLP, veritat?

–Això ho sabràs tu millor que jo, perquè vas veure-la a la càmera de seguretat.

–De la cara no puc donar raó, no se li veia bé, és com si ella esquivara la càmera o a l'inrevés –va dir Núria una mica confusa–. Però, què em dius del cos? La venedora era alta i robusta. Regina em trau un pam i no deu pesar menys de seixanta quilos, veritat?

–I jo què sé, no entenc de quilos! –va impacientar-se ell–. On vigilaré Regina?

Núria va exhibir un somriure triomfal i li va lliurar una targeta de cartó.

–Pren, mentre tu cuidaves l'adorable velleta, jo he aconseguit l'adreça de la nostra KLP.

A Manel no li van fer gens de gràcia aquelles paraules. Cuidar l'adorable velleta? La senyora Llum no era una anciana desvalguda, sinó una bruixa. Va agafar la targeta d'una manotada i la va llegir: «JO TAMBÉ SÓC DEL BAF. Regina Bessó i Martínez. Carrer dels Actors, 15-1-2. València». Allò era el barri del Carme.

Passar-se la vesprada de dissabte assegut en un banc de pedra d'un parc infantil, amb el cul glaçat i voltat de nens cridaners, no era precisament el que més li abellia. Sobretot perquè li havia calgut tornar a mentir als seus pares i, a més, refusar una invitació per a anar al *bowling* amb els amics. Tanmateix provava de consolar-se: «Ho faig per Aleix», pensava. Va tombar el cap i va fer una altra ullada a l'edifici de vuit plantes on se suposava que vivia Regina. Dissortadament, ella no va aparéixer en tota la vesprada i Manel va marxar amb l'absoluta certesa que li havien pres el pèl.

Diumenge de matí, Manel va dir a la mare que passaria el dia amb Aleix.

–Fill, ja sé que és el teu millor amic, però... eixa malaltia és contagiosa?

–No, mama, estigues tranquil·la. No portaré a casa cap virus assassí.

Quan va eixir al carrer, feia un fred polar. Es va passar la jaqueta fins al coll i va renegar de la seua sort durant tot el trajecte en bus fins a arribar al lloc de vigilància. Seure a la intempèrie podia resultar contraproduent i fins i tot sospitós, així que espiaria des d'una agradable cafeteria que hi havia al costat del parc.

A les onze en punt va veure eixir Regina, vestida de xandall i amb els auriculars a les orelles. Manel va pagar de pressa corrents i va eixir a l'exterior, on ella ja es perdia trotant a bon ritme per la vorera. Què se suposava que havia de fer ell? Seguir-la com un gos de cacera? Ho va intentar durant uns metres, però es va adonar que cridava massa l'atenció. Seria millor aturar-se, desfer el camí i esperar-la. Al capdavall, segur que ella no tardaria molt a tornar.

Però s'equivocava: la xica estava en forma i no va reaparéixer fins a les 12:30. Venia suada, amb les galtes enceses i la pell lluenta de suor. «La seua cara pareix una poma acabada de collir», va pensar Manel mentre Regina entrava a l'edifici i tancava la porta.

A les 13:30, Manel va anar al bar a demanar un entrepà i un refresc, es moria de fam. Justament quan començava a dinar, Regina va eixir novament al carrer. Evidentment s'havia dutxat perquè encara portava els cabells mullats i s'havia posat un vestit curt que mostrava les cames musculades. Venia acompanyada de dues xiques i van entrar al mateix bar on Manel es cruspia l'entrepà. El xicot a dures penes va tenir temps de girar-se d'esquena. Mentre ell engolia el dinar silenciosament, sense gosar moure's, les xiques xarraven alegrement i prenien un piscolabis. Les rialles ressonaven al bar com un alegre concert. Un cambrer jove i ben paregut s'acostà a donar-los conversa, es notava de lluny que volia lligar amb alguna d'elles.

A les 14:15 hores, les xiques van abandonar el bar i el cambrer, que no havia aconseguit el seu propòsit, va tornar resignat al taulell. Manel va pagar amb les escasses monedes que li quedaven a la butxaca i va fer via al parc, on encara pegava el sol. A pesar de les circumstàncies, no estava tan malament i, si no fóra perquè tenia una missió, fins i tot hauria fet una becadeta. Però no podia despistar-se.

A les 16:00 hores, Regina va eixir al carrer. S'havia tornat a canviar de roba, aquesta vegada portava una àmplia dessuadora, malles ajustades i sabatilles d'esport. Manel va decidir seguir-la i fer-li una foto amb el mòbil, així el senyor Tardagost podria identificar-la, si s'esqueia.

Però mitja hora més tard Regina el va agafar de sorpresa. La jove era molt astuta i l'esperava en girar un cantó, amb els braços sobre els malucs.

–Per què em segueixes, Manel? –va etzibar-li.

–No et seguia, passejava per ací i...

–I una merda! Has estat tot el dia perseguint-me. Et penses que sóc imbècil?

–No sé de què parles, resulta que un amic viu prop d'ací i he vingut a passar el dia amb ell.

–M'has estat espiant i m'has fotografiat amb el mòbil –va insistir ella–. O em dius la veritat, o cride la policia i et denuncie. Tria tu.

A les 16:45 hores, l'agent Manel confessà tota la veritat assegut al bar on havia dinat hores abans. Regina l'escoltava atentament, amb els colzes repenjats sobre la taula i el cap graciosament decantat. Quan el cambrer va servir-los les comandes, va llançar a Manel una mirada reprovadora.

A les 18:00 hores, Núria va obrir la porta de la casa d'Aleix i la sang se li va glaçar a les venes. Mai més tornaria a confiar en Manel. Quin traïdor!

11
EL REPTE

El senyor Tardagost va negar amb el cap. Aquella xica que tenia davant seu no era l'amable senyoreta que l'havia atés en el LLIBER-OCI. De cap manera. Estava completament segur que no.

–Ja li ho havia dit a Manel –va dir Regina–. Jo no tinc res a veure amb tot açò!

Sí, li ho havia jurat i perjurat al xicot en el bar: ella sols havia trepitjat el LLIBER-OCI com a clienta. Però, com que la millor manera de demostrar que deia la veritat era presentar-se davant del senyor Eladi, Regina havia decidit plantar-se en casa d'Aleix.

–Ets una calamitat, Manel! –va renyar-lo Núria entre dents–. Per què has permés que ella vinguera ací?

–M'ha descobert i m'ha amenaçat de denunciar-me –es va justificar Manel–. Així que no he tingut més remei que contar-li la veritat.

–Que t'ha descobert!? Podries haver-ho fet millor, tio!

–Creus que sóc un refotut detectiu? En ma vida havia espiat ningú!

El senyor Tardagost va conduir Regina cap a l'habitació on es trobava Aleix. El xicot s'havia aprimat i estava més pàl·lid que mai, dos cercles morats començaven a dibuixar-se-li al voltant dels ulls. Regina se li va acostar i va provar a traure-li el llibre estirant amb totes les forces. Fou inútil, per descomptat.

–No havia vist mai res de paregut! –va exclamar Regina deixant d'estirar.

–Hi està enganxat –va dir Manel–. Ja t'ho havia dit.

–Aquest llibre és com una gàbia de paper i tinta –va continuar Regina–. Per què no aviseu el metge?

–Què podria fer-hi un metge? –es va queixar el senyor Tardagost–. Intentar extirpar el llibre com si fóra un tumor?

–A més, ningú no ens assegura que Aleix torne a fer vida normal si li arrabassen el llibre de forma violenta. Potser li provoquem un xoc –va afegir Núria.

Van romandre callats una estona mentre observaven atentament Aleix, que ni tan sols parpellejava. Hom diria que tampoc respirava. Era com una d'eixes escultures en honor dels lectors. Però, de colp i volta, aquell ésser immòbil va fer una manotada i va passar de full amb una velocitat esfereïdora. Els observadors van saltar enrere, sobresaltats per l'inesperat gest.

–Ai, quina desgràcia! Com ha pogut ocórrer açò? –va lamentar-se a continuació el senyor Eladi–. Al treball m'han amenaçat de despatxar-me si no torne demà.

–Però de què viuran vosté i el seu fill si això passa? –va parlar Regina–. Torne al treball i els del BAF cuidarem d'Aleix. Som bona gent i oferim eficàcia. Pot demanar referències, si vol.

Manel va donar-li la raó a Regina, seria millor acceptar l'ajuda del BAF perquè no sabia ningú quant de temps duraria aquella situació i perdre la faena ho empitjoraria tot. Núria, en canvi, va callar. Finalment, el senyor Tardagost va avenir-se a la petició de Regina i van quedar que l'endemà, a les vuit del matí, es presentaria un voluntari del BAF. D'ara en avant Aleix quedaria sota la protecció del grup.

Aquella nit, quan Núria va seure a sopar, va plantejar una qüestió a la seua germana.

–Escolta, Laia, em vas parlar d'un grup de voluntaris anomenat BAF. Creus que són de fiar?

–Qui? Els del BAF? –va preguntar Laia, deixant de mastegar–. Ah, sí, eixos xicots que cuiden ancians! Fa uns dies el rectorat els va atorgar un premi...

–Has sentit parlar d'una tal Regina Bessó?

–No. Per què ho preguntes?

–És que el BAF cuidarà, de moment, un amic meu que està malalt.

Aleshores, el pare va aprofitar per a retraure a Núria que darrerament passava més temps amb els amics que amb la família. La disputa estava servida, igual que la crema de verdures que havia escudellat la mare.

–Aleix em necessita –va justificar-se ella.

–Em pareix que estàs massa abocada a aquest xicot –va dir Lledó amb cautela.

–Massa? Jo l'estime, mare. I ell està malalt! –va udolar Núria–. Voleu que l'abandone ara? Seria injust!

De sobte, s'estengué un silenci més espés que la crema de verdures, allò no presagiava res de bo.

–Núria, ets massa jove per a comprometre't amb cap xicot –va amollar Jacint–. Jo creia que Aleix era simplement el teu amic.

–És més que un amic, ell és l'única persona que em comprén, l'única que no em fa retrets i m'accepta com sóc. L'estime per això i per mil raons més!

El iaio va xarrupar sorollosament les verdures i la mare va renyar-lo com si fóra un xiquet. Núria estava segura que ell ho havia fet per a desviar la conversa, però no ho havia aconseguit.

–Et comprenem perfectament, Núria –va parlar Laia–. Estàs vivint la teua primera història d'amor. Però això no justifica la teua actitud hostil amb nosaltres. Som la teua família!

–I, a més, per què no t'esborres eixa llàgrima roja de la cara? –va bufar el pare enutjat.

–No m'esborraré la llàgrima fins que Aleix no es cure!

–A veure si te l'esborre jo d'una galtada! –va continuar exaltat el pare.

–Jacint, calla, per favor –va suplicar Lledó–. Sopem i procurem tranquil·litzar-nos tots. Estem fent un drama sense cap trellat.

Tanmateix, el pare no va voler calmar-se, sinó que es va alçar de la cadira d'una revolada i va eixir del menjador a grans gambades. La mare es va afanyar a seguir-lo amb la cara trista. Laia va optar per acabar-se la crema ràpidament abans de córrer darrere dels pares. Solament quedaren en taula Núria i l'avi.

–Iaio, tu que has llegit tant, saps qui eren els espartans?

L'home se la va mirar com si fóra una marciana.

–Ho dic pel treball de llengua castellana –va aclarir ella.

–Clar que sí, eren els habitants d'Esparta. Valents, disciplinats i sacrificats. Van plantar cara a la gran Atenes... Un poble d'herois! No com el nostre que...

–Increïble. Quin interés pot tenir la vida d'un d'eixos espartans de l'any de la pera?

–Esparta és història, Núria. La història no ha de ser oblidada mai perquè recauríem en antics errors. A més, saber coses d'altres cultures ens fa més tolerants.

–Tolerants? –va exclamar Núria–. Ja veus tu, quina bajanada!

–Ai, Núria, com es nota que has tingut la vida fàcil!

Horror! La frase augurava una de les famoses batalletes de l'avi.

–Quan jo tenia la teua edat mai no havia xafat l'escola. Havia d'anar a treballar per ajudar ma mare i els meus germans. Vaig fer de pastor d'ovelles, manobre, picapedrer i collidor. Faenes molt dures, duríssimes. Però jo volia aprendre a escriure i ho vaig fer preguntant a uns i altres, sense professors. La primera vegada que vaig veure un llibre dels bons, em pensava que estava somiant. Quina meravella! Fou durant el servei militar, a Maó...

–La caserna tenia una biblioteca menuda, però a tu et va semblar la més gran del món –va sospirar Núria, que coneixia aquella història de memòria.

–Sí, més gran que la d'Alexandria –va recordar l'avi amb nostàlgia–. Els llibres em traslladaren a llocs impensables: l'espai sideral, la llunyana Mongòlia, la prehistòria, l'Imperi romà... A mi, un pobre i ignorant vilatà sense mitjans!

–I per això els estàs tan agraït, als llibres –va recitar Núria, girant els ulls en blanc.

–Efectivament, són la millor font d'informació que conec.

–Millor que Internet?

–Ah, Internet, la gran xarxa! –es burlà l'avi–. M'acceptes un repte? Jo buscaré en Internet i tu, en els llibres. A veure qui obté més informació dels espartans. Utilitzaré el teu PC, si no t'importa. Tu vés a les biblioteques, que tant t'agraden.

–D'acord. Repte acceptat.

De sobte, tornaren la resta dels comensals. Lledó tenia els ulls enrogits de plorar i Laia feia mala cara, sempre se solidaritzava amb sa mare. En canvi, el pare, a qui semblava haver-se-li passat l'enuig, va seure en la seua cadira i va agafar la cullera.

–Sogre, fem forat al segon plat? –va intentar bromejar.

–Gat? Quin gat? –va fer-se el sord l'avi i tots van riure alleujats.

Abans de ficar-se al llit, Núria va reflexionar sobre la conversa que havia mantingut amb l'avi Joaquim. L'equip de música deixava anar les notes d'Angèlica Ji, la veu queixosa de la cantant udolava: «És millor obrir els ulls que tancar el cor dins d'una gàbia». Manel i Núria havien seguit la pista de la venedora del LLIBER-OCI, però potser la solució estava en el llibre que tenia atrapat Aleix. Havien deixat de banda aquell instrument diabòlic i en realitat calia investigar-lo també. L'endemà començaria la recerca i no s'aturaria fins a salvar el seu xicot. No el deixaria tancat per sempre en aquella gàbia.

II
LA GÀBIA DE PAPER I TINTA

12
TRES TOTXOS

KLP. Kati o Kika? Tal volta Karmela? O, potser, Karina? Quants noms de dona que començaren per K podia haver-hi? No molts, eixa lletra no era corrent ni en castellà ni en valencià. Tanmateix, tenint en compte la quantitat d'estrangers que vivien en la ciutat, la cosa es complicava prou. A més, ara la gent posava noms molt originals als fills. Per exemple, tenia una companya anomenada Nirvana, els pares de la qual no eren budistes, però sí fans d'una banda de rock del mateix nom.

Tal com Manel havia consultat al diccionari més gruixut de la biblioteca, la lletra K s'utilitza en paraules d'origen grec o estranger. Correspon a la lletra kappa de l'alfabet grec. La lletra K té una història complicada, els acadèmics no es posaven d'acord sobre la seua admissibilitat, un d'ells va qualificar-la de lletra supèrflua. Va ser bandejada i recuperada en diferents èpoques. «Òstic! Fins i tot les lletres tenen la seua història», va pensar perplex.

Aleshores una mà pàl·lida de dits llargs i ungles negres es va posar damunt del full on Manel dibuixava la lletra K en diferents grandàries i formes.

–Ai! –va cridar ell, i tots el va miraren.

–Quin bibliotecari més sorollós! –es va burlar la propietària de la mà–. Vull que em busques llibres que parlen sobre els espartans...

De poc no li havia provocat un atac al cor. Des que havien visitat la senyora Llum, Manel s'havia tornat molt susceptible. Fins i tot una mica paranoic.

–...i, de pas, llegeix-te'ls i m'informes sobre qui eren eixos espartans.

–De què vas, tia!? –va exclamar Manel–. Creus que sóc el teu criat!?

Els estudiants de la biblioteca se'ls miraven de fit a fit.

–Xxxt, esteu cridant l'atenció! –els va renyar Raimon–. Si voleu parlar, eixiu fora, parella de lloros.

Manel va notar que les galtes li cremaven de vergonya i indignació.

–Escolta'm –va dir Núria en veu baixa–. El llibre d'Aleix està protagonitzat per un espartà. Ho vaig descobrir ahir, quan li feia companyia; intentaré esbrinar alguna cosa més sobre l'argument. Ja saps: si no pots véncer l'enemic, alia't amb ell.

–Ah, és clar! I per què m'he d'aliar jo i no tu?

–Perquè tu ets el bibliotecari!

Dit açò, Núria va desaparéixer ràpidament. Aquella xica era pitjor que la pesta! Manel va agafar el paper on havia dibuixat els gargots, el va esgarrar i va llançar els bocins a la paperera. Després, però, va canviar d'actitud: va fer cara de bon xic i va buscar Raimon.

–M'interessen els espartans, com podria localitzar llibres que tracten del tema?

–Home, per a això tenim la nostra base de dades! Però com que tu no vols aprendre'n el funcionament, em costa fer tota la faena a mi.

–Ei, que jo prenc nota dels préstecs i les devolucions! A més, col·loque al seu lloc els llibres que ens tornen. Això no és faena o què?

–Doncs ja veus quin treball! Si ho podria fer un xiquet de tres anys...

–Deixa de renegar d'una vegada, que pareixes mon pare! M'ajudaràs o no?

–Sí, home, ara mateix –va accedir ell–. Al capdavall, estem junts en açò, no?

«Sí, per culpa teua», va pensar Manel, però no ho va manifestar en veu alta.

Raimon es va posar a teclejar l'ordinador molt concentrat i al cap d'una estona ja tenia el resultat de la recerca. Va alçar-se de la cadira tot orgullós i va recórrer els passadissos buscant per les prestatgeries com si fóra un bibliotecari professional. Va tornar al lloc carregat de tres totxos impressionants.

–Ací tens: l'un, sobre la batalla de les Termòpiles; l'altre, sobre els pobles de l'antiga Grècia, i el tercer, sobre els guerrers espartans. Bon profit!

Almenys, Manel sabia de bestreta que no es quedaria enganxat a cap exemplar d'aquells. Va decidir començar pel de l'antiga Grècia, perquè tenia alguna il·lustració i se li faria més lleuger. Així va assabentar-se que Esparta era una ciutat de l'antiga Grècia situada a la península del Peloponés a la vora del riu Eurotas (quins noms tan estranys, semblaven insults!). Va ser una de les polis gregues més importants. Des de la seua fundació, van anar annexionant els terrenys adjacents a força de colps de garrot i no van deixar de lluitar durant quasi set segles.

El timbre que anunciava el final de l'esbarjo va alliberar-lo de tanta bel·licositat. Quasi es va alegrar de topar-se novament amb el professor de física i escoltar-lo parlar de l'energia cinètica. Allò sonava molt més inofensiu. Però el goig es transformà en ira quan Daniel va avisar-los que l'endemà els posaria un examen. Per què els profes s'entossudeixen a complicar la vida dels alumnes? A Esparta, haurien d'anar tots els professors!

En arribar a casa tenia l'esquena desfeta perquè portava els tres totxos en la motxilla, junt amb la resta dels llibres i quaderns de les assignatures del dia.

Aprofitant que tenia la vesprada lliure, volia estudiar l'examen de física i, a més, continuar informant-se sobre els espartans.

–Fas mala cara, fill meu –va observar Roser, la mare.

–Et recorde que aquest cap de setmana no he descansat gens. Fer la bugada m'esgota i em lleva temps d'estudi. Després no us queixeu si trac males notes.

–Així entendràs com em trobe jo durant tot l'any –va riure Roser alegrement–. Estic contenta d'haver trobat un ajudant tan eficient i solidari. Ah, i vull bones notes!

No hi havia res a fer, sa mare era més dura que el marbre. Va dinar en silenci, escoltant els comentaris despreocupats dels seus germans, i després es va tancar a l'habitació. Abans de posar-se a estudiar, va agafar el llibre de l'antiga Grècia i es va tombar al llit. «Tot just acabades les Guerres Mèdiques, al segle v abans de Crist, a Esparta, va inquietar el creixent poder d'Atenes...» Quin avorriment!

Va despertar-se una hora després amb el totxo sobre el pit i un regalim de saliva al coixí. Havia estat somiant que la vella mòmia del carrer de Salamanca, vestida amb una túnica grega i xancles de platja, l'atacava amb una espasa gegantina. Va traure's el llibrot de damunt, sentia un pes angoixant al pit, no sabia si pel totxo o pel malson. Es va alçar del llit i va obrir la finestra per espavilar-se. Fora feia fred i plovia. No li abellia gens enfrontar-se amb els continguts per a l'examen de física. Abans de posar-se amb l'energia cinètica, es prepararia un bon berenar, això l'animaria.

En la cuina, Roser es prenia un café i mirava una telenovel·la on els protagonistes es barallaven per l'herència familiar. Manel es va servir un tros de pastís de poma i se'l va cruspir silenciosament, per no destorbar sa mare. Aleshores es fixà que al costat del televisor hi havia la guia telefònica, la va agafar i se la va emportar a l'habitació.

Se suposava que L era la lletra inicial del primer cognom de KLP, així que va posar-se a llegir les pàgines corresponents a la L. A les 17:00 havia acabat i solament havia localitzat cinc persones amb les inicials KLP. Cap de les quals, però, vivia al carrer de Salamanca. Va anotar els números de telèfon en un quadern i va tancar la guia. Llavors, va oir uns colpets a la porta: era sa mare.

–Manel, preciós, pots anar tu al col·legi a buscar els teus germans menuts? Em fa mal el cap.

La pobra tenia els ulls plorosos per la pèrdua de l'herència milionària. Com podia dir-li que no? A més, li calia congraciar-se amb ella per veure si li rebaixava el castic imposat.

Després de recollir Jaume i Fermí, es va posar per fi a estudiar l'examen de física. Eren les 18:00, encara podia aprofitar un parell d'hores. Fantàstic! Serien dues hores d'esforç intensiu... però, al cap d'una estona, Raül va tornar de l'institut, va entrar en l'habitació que ambdós compartien i va llançar la motxilla sobre el seu llit.

–Saps quin és l'últim rumor que corre? –va preguntar.

–No, i ara no m'interessa. Estic fent un problema molt complicat. He d'esbrinar la massa d'un ferrocarril que viatja a 150 km/h...

–Tio, quina murga! Doncs diuen per l'institut que Núria i tu sou parella.

–Què!? I tu t'ho has cregut? –s'escandalitzà Manel.

–Diuen que sempre esteu junts.

–I què? En realitat jo... estic eixint amb una altra xica... Anuncia-ho demà a tots i que em deixen tranquil d'una vegada.

–Quina bola! Si tens cara de panoli! Amb qui estàs eixint, eh?

Manel va decidir improvisar, volia que s'acabaren aquelles xafarderies que tant el mortificaven.

–Bé... ella és... universitària. Ací tinc la seua fotografia. Mira-la.

Va traure el mòbil i li va mostrar la foto que havia fet el dia anterior a Regina.

–Òstic, tio! Està boníssima! –va exclamar Raül xiulant–. Tens un morro que te'l xafes. Quan me la presentaràs?

–Quan em deixes en pau. Vinga, vés-te'n ja. Encara he de calcular la massa del maleït ferrocarril que viatja a Santander a 150 km/h. Que allí no arriba l'AVE?

Però ja havia perdut tota la concentració. Millor faria de deixar-ho per a l'endemà. Matinaria i així estudiaria amb més tranquil·litat. No s'hauria imaginat mai que la gent de l'institut fóra tan xafardera i mal pensada. Ell seria incapaç de furtar-li la nóvia a Aleix. En fi, esperava que Regina no s'assabentara de la mentida que havia dit. Amb aquell geni que tenia la xica, seria capaç de denunciar-lo per calúmnies, o pitjor encara, pegar-li una bufetada.

Abans de dormir va decidir llegir més sobre els espartans. Aquesta vegada va triar el segon totxo, el de la vida dels guerrers. A mesura que passava els fulls (oh, sorpresa), se sentia més fascinat per aquelles persones que es creien descendents d'Hèrcules (ni més ni menys), que rebien una educació militar des que naixien i que preferien perdre la vida a ser derrotats. Ja era molt tard quan Raül va amenaçar-lo malhumorat: si no apagava el llum, avisaria els pares. Manel va obeir, el darrer pensament que va tenir abans d'adormir-se va ser que tant els espartans com la lletra K eren grecs. Quina coincidència!

13
LA RUTA DE LES LLIBRERIES

Aquell dilluns Núria va arribar a casa a les vuit de la vesprada i va esmunyir-se dissimuladament a la seua cambra. Començava a ser conscient que la situació d'Aleix s'allargaria en el temps i calia evitar futures baralles familiars si volia moure's amb llibertat. Va traure's la roba i va posar-se el pijama. Havia tingut un dia esgotador i se sentia molt frustrada. Cada vegada que creia avançar en la investigació, s'emportava una desil·lusió.

A migdia havia anat a la llibreria LLIBER-OCI i n'havia regirat totes les prestatgeries durant dues hores, però no havia trobat cap exemplar idèntic al que llegia Aleix. Finalment, va decidir preguntar a un venedor:

–Quin és el títol de l'obra? –va voler saber ell.

–Ni idea.

–Qui és l'autor o l'autora?

–Tampoc ho sé.

–És novel·la, assaig, teatre o poesia? –va prosseguir el venedor una mica picat.

–Mmmm... m'imagine que novel·la. És un llibre gruixut, d'unes mil pàgines aproximadament, de tapes dures i acolorides. Tracta sobre els espartans i el van comprar ací.

–L'aspecte no ens ajudarà a localitzar-lo. Necessite saber el nom de l'autor, el títol o almenys l'editorial. Ací tenim quinze mil llibres aproximadament.

–Però no n'hi deu haver tants amb les característiques que t'he dit. Veritat?

–Ho sent, no puc ajudar-te. De tota manera, considerant que tracta de l'antiga Grècia, t'aconselle que busques en la secció de novel·la històrica.

–Ja ho he fet, però ho tornaré a veure. Gràcies.

A l'eixida va topar-se amb Àngel i va saludar-lo, però ell no la va reconéixer sense la disfressa de nena bona. Ella estava tan desanimada que va desistir d'explicar-li qui era, així que va sortir del comerç a punt de plorar.

Després del LLIBER-OCI, va acudir a una llibreria tan gran que la seua façana ocupava quasi tot el carrer de Pelai. «Si no trobe ací el refotut llibre, no el trobaré enlloc», va pensar quan va entrar al local. Llargues prestatgeries arribaven fins al sostre, atapeïdes i farcides d'exemplars de totes les mides i grandàries. Fins i tot hi havia piles de llibres d'ocasió tirats sobre taules al voltant de les quals s'aplegaven els curiosos a tafanejar. Al cap de mitja hora, Núria havia comprés que li resultaria impossible trobar el llibre d'Aleix i va recolzar-se consternada en una paret folrada de contes infantils. A pesar que coneixia la resposta de bestreta, va fer-se l'ànim de preguntar a una dependenta. Aquella senyoreta amb cara de rata de biblioteca va confirmar-li el que s'imaginava: que sense més dades no podia ajudar-la.

La tercera llibreria que va visitar estava situada prop de la plaça de Sant Agustí i era un local molt agradable, ben il·luminat i amb música ambiental. Posseïa fins i tot una cafeteria on alguns clients repassaven les obres que havien adquirit, entre glop i glop de tasses fumejants. D'altres encara buscaven llurs tresors, passejant extasiats entre les prestatgeries. Procurant no molestar, Núria va remenar i buscar com la resta de presents. Però no va tenir cap èxit i aquesta vegada no va preguntar als venedors.

La quarta botiga estava dins d'una galeria comercial i era la més moderna. A l'entrada hi havia una filera d'ordinadors perquè els lectors localitzaren el llibre que buscaven. Va fer cua esperant el seu torn i, quan va estar davant de la màquina, va adonar-se que no tenia criteris suficients per a efectuar la cerca. Es va sentir com una imbècil i va fer mitja volta per anar-se'n.

Després havia tornat al col·legi i havia aguantat el discurs d'Augusta sobre les bondats de la lectura. I per què no parlava també dels perills? Núria es preguntava si no devien estar tots els adults confabulats per a dominar la gent jove a través dels llibres.

–Tinc entés que el Quixot va tornar-se boig de tant de llegir –va exclamar Núria–. Per tant, no és tan beneficiós com dius.

–Molt hauries de llegir per a enfollir com Alonso Quijano.

Els alumnes van riure la gràcia d'Augusta.

–I si llegira dia i nit sense aturar-me ni tan sols per a menjar ni per a dormir? –va insistir, pensant en Aleix.

–Això és impossible, Núria. Cap llibre atrauria la teua atenció de tal manera.

–Com està tan segura? I si jo trobara eixe llibre?

–Fantàstic! Si el trobes, m'ho dius de seguida i el recomanaré per al pròxim trimestre. A veure si, així, aconseguisc despertar el vostre interés per la lectura.

Els companys de Núria van mirar-la malament. No desitjaven que Augusta els recomanara més llibres, n'havien de llegir dos aquest trimestre i ja en tenien prou. Així que Núria va tancar la boca i va engolir-se les ganes d'arrapar-li la cara a aquella bruixa.

–Espere que estigues preparant el treball que et vaig encomanar –li va deixar caure Augusta al final de la classe, i allò va acabar de rematar-la.

Aquell dia Aleix tenia millor aspecte, un voluntari del BAF l'havia pentinat, l'havia perfumat i li havia posat roba de carrer. Pareixia que en qualsevol moment s'alçaria de la cadira. Un got de suc de bresquilla i les restes d'un paquet de galetes reposaven sobre la taula del saló.

–Mira, Aleix, tens visita –va dir Marc, el xicot del BAF.

Ell no va fer ni cas, naturalment. Núria se li va acostar i, com va poder, el va besar als llavis. Fou com besar un bloc de granit. Quant de temps sense tastar la calidesa d'aquella boca! Com l'enyorava! Necessitava tornar a sentir la seua presència reconfortant, notar-lo viu.

–Llàstima que els contes no es facen realitat, eh? –va dir Marc–. Ara mateix podries haver-lo despertat amb el teu bes, com si fóra el Bell Dorment.

–És que ell no està adormit!

–No ho sé. En ma vida havia conegut un cas com aquest.

–Ni tu ni ningú. Coi de llibre! Què deu tenir d'especial? Si jo poguera saber-ho!

–Li he fet una ullada de tant en tant i la veritat és que m'ha semblat prou avorrit. Al protagonista li diuen Heriontes i passa la vida lluitant a la guerra. No m'agraden les guerres.

El senyor Tardagost va tornar de la faena i va comprovar alleujat que el seu fill estava ben atés. Va donar les gràcies efusivament a Marc i aquest va acomiadar-se'n. Núria també se'n va anar poc després (no per ganes, sinó per l'hora).

Durant el sopar, Núria va esforçar-se a mantenir una conversa civilitzada amb els pares, fins i tot va somriure un parell de vegades. Jacint i Lledó agraïren aquell parèntesi de tranquil·litat. Semblaven la família més unida del món, a pesar que l'avi els observava estranyat, esperant que en qualsevol moment es desencadenara la tempesta.

–Què passa, avi? –li va preguntar Núria en un moment en què es quedaren sols a taula–. Per què em mires així?

–Em recordes la iaia, quan estava tan dolça era perquè n'amagava alguna. Quina dona!

–Ets un desconfiat, iaio, jo no amague res. En canvi, tu sí. Veritat que no has investigat el tema dels espartans per Internet?

–Quin plateret, reina?

–Amb mi no cal que et faces el sord, iaio.

–No em faig el sord, ho estic. I segurament tu tampoc has investigat en la biblioteca.

–Tens raó, però almenys jo he encarregat a una altra persona que ho faça per mi.

–Això no val, has fet trampa! Demà mateix em posaré al teu ordinador a buscar informació i tu compliràs la teua part del tracte.

La conversa es va tallar quan el pare entrà novament al menjador. Avi i néta tornaren a representar el paperot que corresponia a cadascú i ho feren tan bé que la vetlada fou una de les més agradables dels darrers temps. Jacint recuperà l'esperança que la filla menuda canviaria per fi aquell estil estrafolari que tant l'avergonyia.

Però (oh, desil·lusió!) l'endemà Núria va acudir a desdejunar amb la mateixa cara emblanquinada i llavis morats que sempre. I a través de la samarreta de gasa se li transparentaven els sostenidors! A més, quina mania amb les botes militars, que no havia sentit parlar del moviment pacifista *Flower Power*, a què ell s'havia unit de jove? Jacint va acollir desganat la besada de la xica.

–Iaio, busque un llibre i no el trobe enlloc –va dir Núria, quan Jacint ja havia sortit a treballar–. En cap llibreria el tenen, i mira que he visitat comerços grans!

–Has acudit a alguna llibreria de vell? Seria convenient que ho feres –suggerí.

–Una llibreria de vell? No sabia que existien. I què hi venen?

–Llibres antics, evidentment. Primeres edicions, peces rares, exemplars extingits i ofertes especials.

–Ostres! I on puc anar, iaio? On hi ha llibreries d'eixes?

–Jo en conec una realment bona, de quan em dedicava a...

–I on està, eh? Va, dis-m'ho, iaio!

–Es diu La Ploma d'Ànec i està situada en una travessia del carrer de la Mar, prop de la catedral. És un atzucac pintoresc com pocs altres. La família Bataller regenta el comerç des de fa moltes generacions. Si no trobes allí un llibre antic és que no està enlloc.

–Gràcies, avi! –va xisclar Núria alçant-se d'un bot–. Digues als pares que avui no m'esperen a dinar, que he de fer un treball a l'institut. Adéu!

–Tantes mentides ens ficaran en un embolic, a tu i a mi, Núria!

L'avi es va quedar renegant que els joves sempre van de pressa i que no escolten mai els més majors. Així com anaven a construir el futur? Doncs quin desastre! Però, d'altra banda, a ell, tant se li donava el futur, que ja tenia prou amb suportar el present perquè la vellesa era molt dura. Anys enrere també s'haguera apassionat per un llibre com la seua néta, però ara no, perquè li mancaven forces i ganes. Tanmateix, havia d'admetre que sentia nàixer un brot de curiositat al seu interior: què li passava a Núria, en realitat? No s'acabava de creure allò del treball escolar...

14
MANEL EL GRAN

Manel va bufar resignat: l'examen de física li havia eixit fatal. Tanmateix, ell era l'únic culpable, senzillament no havia estudiat prou. Com que s'havia gitat tan tard la nit anterior, havia estat incapaç de matinar. S'havia hagut de conformar a repassar els apunts a corre-cuita mentre desdejunava i després també havia disposat d'uns minuts a l'aula, abans que arribara el professor. Però aquells esforços havien estat insuficients, les preguntes de l'examen no li sonaven de res. Així que li havia tirat imaginació i havia provat de resoldre les qüestions sense posar cap rucada. Ara l'únic consol que li quedava era que a la resta de companys tampoc els havia eixit bé. Farien un parlament i li demanarien a Daniel que repetira la prova d'ací a uns dies. Tal volta acceptava.

I allà estava novament, en la biblioteca. Qui s'hauria imaginat setmanes enrere que ell, Manel Corella, es passaria el temps de l'esbarjo en aquell lloc, llegint un llibre sobre els espartans, i no corrent darrere d'un baló? Ni ell mateix s'ho acabava de creure. I el cas és que el llibre li agradava. Aquells espartans eren peculiars, per dir-ho d'una manera fina. Li pareixia horrible que practicaren l'eugenèsia, és a dir, que els nadons eren examinats per una comissió que determinava si estaven ben formats i, si no era el cas, els llançaven a un barranc (colla de bàrbars!). Però l'educació centrada en l'exercici físic i l'atletisme li semblava fenomenal, segur que a ells no els *suspenien* el curs per culpa de l'energia cinètica. Ells tenien prou amb córrer i lluitar!

Justament quan llegia que els nens d'Esparta anaven descalços i que solament se'ls proporcionava una túnica a l'any, va aparéixer Clara, una rossa de quart d'ESO. La xica no sovintejava la biblioteca, però va lliurar un diccionari a Manel amb un somriure entremaliat.

–Pren, anota que l'he tornat dins del termini –li va dir amb picardia–. I no em poses una multa, d'acord?

Agafat de sorpresa, Manel va ser incapaç de contestar cap genialitat. Millor dit, es va quedar mut. Sense saber ben bé què es feia, va agafar el llibre i el va deixar caure sobre el taulell com si fóra un sac de patates. La gent que hi havia a la sala es va sobresaltar i Raimon li va llançar una mirada assassina. Clara s'allunyà lentament, orgullosa d'haver provocat l'aldarull.

Quan Manel va obrir la coberta del diccionari, un full blanc va eixir volant i, després de fer unes quantes voltes a l'aire, li va aterrar just davant dels peus. El va recollir i llegí: «Manel, sé que vas amb una altra xica, però m'agrades i voldria que quedàrem algun dia». Òndia, tu! Fins ara cap xica se li havia declarat d'una forma tan descarada (ni de cap altra forma, si volia dir la veritat). Per què aquell canvi tan sobtat? Pels rumors que l'envoltaven, segurament. Havia deixat de ser Manel *el gris* per a convertir-se en Manel *el gran*. Estava de moda per haver pispat la nóvia al seu millor amic o, potser, per festejar amb una universitària. Mentides i més mentides, això és el que reclamava la gent, però... valia la pena aprofitar-se de les circumstàncies? Aquella xicona tenia poc d'espartana: cada dia lluïa un modelet nou, però estava per sucar-hi pa!

Abans de dinar, va pensar de fer-li una visita a Aleix. Desitjava contar-li-ho tot al seu millor amic i saber-ne l'opinió, a pesar que ell segurament ni tan sols l'escoltaria. Va obrir-li la porta Regina, que lluïa l'ampla samarreta roja del BAF sobre uns texans ajustats i esclops blancs pareguts als de les infermeres. Portava els cabells arreplegats en una trena gruixuda que li queia amb gràcia sobre el muscle dret.

–Hola, com està el... lector? –va vacil·lar perquè no volia anomenar-lo malalt.

–Passa i comprova-ho tu mateix.

Aleix seia en la millor butaca del saló, al costat de la finestra, amb un coixí darrere del cap i els peus recolzats sobre un tamboret. La llum de l'exterior li dibuixava reflexos i ombres a la cara, però ell no n'era conscient, concentrat en la lectura d'aquell llibre misteriós.

–M'alegre que el tracteu tan bé –va dir Manel.

–Sí, Ben Atesos i Feliços. Aquest és el nostre lema, ja ho saps.

–Tu creus que és feliç?

–Depén de l'argument de la novel·la que llegeix, no creus?

–Ah, doncs va sobre els espartans.

–Sí, ja ho he vist. I el protagonista és un desertor.

–Impossible. Un espartà mai no desertaria, l'educaven per a fer la guerra i aprenia a reprimir qualsevol sentiment personal. Saps el que deien les mares espartanes als fills quan se n'anaven a la guerra?: «Torna amb l'escut o sobre l'escut». És a dir, que les mares preferien que els fills moriren lluitant abans que es rendiren. No m'imagine ma mare dient-me eixes coses.

–I jo no sabia que fores un expert en el tema! –va admirar-se ella–. Però has oblidat que estem parlant d'una obra de ficció. En un novel·la pot passar de tot, segons la voluntat de l'escriptor.

–Vaja! Ignorava que fores escriptora –rigué Manel.

–Ha, ha, ha... no ho sóc, però en conec una.

–Vull demanar-te un favor, Regina. M'agradaria fer-li unes preguntes a la senyora Llum. M'acompanyaries a sa casa?

–Aquesta vesprada hi he d'anar. Si vols, quedem en la porteria a les sis. Però t'advertisc: no me l'atabales. És molt major i les emocions fortes la perjudiquen.

–D'acord, la tractaré amb tanta cura com tu.

El timbre de la porta va ressonar per tota la casa. Quan Regina va comprovar que venia Núria, immediatament, va córrer a arreglar el coixí d'Aleix i li va apartar una grenya que li queia al front. De sobte, Manel va desitjar que aquelles mans tan hàbils i càlides l'atengueren a ell i no a Aleix. «Sóc un egoista», va pensar i el remordiment el féu tornar a la realitat.

–Hola, Núria! –la va saludar Manel.

–Hola, no m'havies dit que venies ací... –va retraure-li Núria.

–Ha sigut pensat i fet –s'excusà ràpidament.

Núria va seure al costat de Manel, se'l va mirar entendrida i va fer-li una besada.

–Quina sort tens, Aleix! –va fer Regina–. La teua xicota no falta ni un dia. I què em dius del teu amic Manel? Ací tots et volem i esperem que et despertes aviat.

–No li parles així, com si fóra un comatós –va retraure-li Núria.

–De tota manera no em deu sentir.

–I tu què saps, eh? Potser sent, però simplement no vol contestar-nos.

Regina va retirar-se del saló amb el cap cot i Núria va seure al costat d'Aleix, però ell va alçar-se d'un bot.

–Per què la tractes tan malament? –va preguntar–. Al capdavall, ens està fent un gran favor. Si no fóra per Regina, al pare d'Aleix l'haurien despatxat del treball.

–No em refie gens d'ella –va explicar Núria–. Continue pensant que és la dependenta que va atendre el senyor Tardagost.

–Però si ell mateix ho ha negat!

–Les persones podem canviar d'aspecte i arribar a confondre els altres.

–Especialment les dones.

–Burla't de mi, si vols, però no estigues tan segur de la innocència de Regina. Potser tu seràs la pròxima víctima.

–Ui, quina por!

–N'hauries de tenir, sí. Mira el pobre Aleix: postrat en una cadira com un invàlid, enganxat a un llibre –va dir plorosa–. És un crim! Jo... l'estime i... vull que torne a l'institut... i que siga el mateix de sempre.

Manel se li acostà i l'abraçà com a una nena menuda. Aquella xica era desconcertant, tan prompte es mostrava dura i antipàtica com tova i sensible. Durant un moment, ella va deixar-se amanyagar i només se sentiren els seus sanglots angoixats.

–Per què no véns amb mi aquesta vesprada a parlar amb la senyora Llum? Juraria que la mòmia està implicada en aquest misteri.

Núria s'apartà bruscament i s'eixugà les llàgrimes amb les mànegues.

–La senyora Llum? Eixa vella diminuta i fràgil? No em fotes!

–Doncs a mi no em pareix tan inofensiva com a tu, diria que oculta alguna cosa.

–Reconec que és una mica extravagant, sí, però...

–Una mica? Eixa vella és més rara que un elefant de ratlles. I què me'n dius, de sa casa? Ni Stephen King imaginaria un escenari tan terrorífic. Però, sobretot, recorda que la vella col·lecciona llibres...

–I què?

–Que a Aleix el té enganxat un llibre!

–D'acord, vés i investiga, però jo no t'hi puc acompanyar, he de visitar una llibreria de vell. Demà ens reunirem i veurem si hem avançat o no.

Abans d'eixir, Manel va buscar Regina per recordar-li que havien quedat aquella vesprada. Ella estava en la cuina, corejava una cançó que sonava en la ràdio i ballava al ritme de la música mentre preparava un puré. Estava preciosa.

–Fins a la vesprada, Regina –es va acomiadar embadalit.

–Adéu, Manel! –contestà ella mentre es disposava a tastar la sopa–. Ens veurem en la porteria de l'edifici. Espera'm.

«Oh, sí, per descomptat que t'esperaré», va pensar Manel i va eixir al carrer com en un núvol.

15
MALEÏTS MAMUTS

Núria va trobar La Ploma d'Ànec gràcies a les amables indicacions de diversos veïns del barri. Semblava que tothom coneixia la llibreria. El local es trobava situat a la planta baixa d'un vell edifici amb la façana plena de finestrals i balcons. Un rètol descolorit proclamava el nom de la botiga i l'aparador mostrava orgullosament el gènere: llibres vells i deteriorats a punt de desintegrar-se. «A qui se li ocorreria comprar aquestes relíquies?», va pensar ella molt escèptica.

Unes campanetes xineses van anunciar l'entrada de Núria. La botiga era menuda i fosca, darrere del taulell no hi havia ningú. Mentre esperava l'arribada dels venedors, va tafanejar la mercaderia amb la mirada. Si haguera sigut una lladregota, hauria tingut temps d'emportar-se uns quants llibres gratis. Deu minuts després va aparéixer un home de mitjana edat, calb i rodanxó, amb un somriure atent als llavis.

–Bon dia, sóc Isidre Bataller. Puc ajudar-la? –va preguntar.

–Busque un llibre, però no en sé ni el nom de l'autor ni el títol.

–Sap, almenys, l'editorial o l'any d'edició?

–Tampoc. En canvi sé que va d'un espartà anomenat Heriontes. També sé que és un llibre gruixut. Té les tapes dures i de color blau i daurat, amb una ratlla taronja. Al llom, hi serpenteja una línia verda.

–Caram, que bonic! Sembla l'arc de Sant Martí.

–Escolte, no he vingut perquè es burle de mi. Si no té el llibre, adéu.

–Una mica de sentit de l'humor li aniria bé, senyoreta –es va queixar l'home–. Li resultarà molt difícil trobar un llibre si només en coneix l'aspecte...

Ah! Per què una persona podia ser identificada pel seu aspecte i un llibre no? Doncs ella no es rendiria: si els investigadors de la televisió eren capaços de trobar el sospitós a partir d'un pèl diminut, ella localitzaria un llibre enorme a partir del seu aspecte exterior.

–Imagine's, per exemple, que el llibre pertany a una col·lecció i que tota la col·lecció té la mateixa enquadernació: tapes dures, colors i llom gruixut. Què hi fem?

Ara Núria es va desinflar, malauradament aquell home tenia raó.

–De tota manera, puc fer una ullada? –va preguntar Núria amb veu melosa.

–Per descomptat que sí –va dir l'home assenyalant una paret–. Però vaja amb compte i no els toque, tinc vertaders tresors.

Núria va començar a examinar aquelles *joies* amb l'ai al cor. El venedor feia com si estiguera desempolsant el material amb un plomall, però realment estava vigilant cadascuna de les seues passes. Caram! Això no li havia passat en cap de les grans llibreries que havia visitat abans.

–Són bonics, veritat? –va dir Isidre Bataller acostant-se-li–. Doncs en aquesta vitrina tinc un incunable de l'any 1500, editat a Barcelona.

Aleshores es va posar uns guants de cirurgià i va traure pomposament aquell llibrot de tapes de cuir espellifat i fulls corcats.

–Sí, preciós –va mentir Núria–. Però, per què es diu *incurable*? Què significa això? Fa referència al seu aspecte malaltís?

A l'home, de poc no li agafa un atac al cor.

–Criatura ignorant! No has estudiat al col·legi que els llibres europeus impresos abans de 1501 són considerats incunables!?

–No, perdone vosté. I puc saber on té el títol aquest llibre? No el veig a la tapa.

–No està escrit a la coberta, sinó a l'interior –va contestar el llibreter obrint amb cura el llibre–. Veus? Ací, en la portadella. Això de posar el títol a la coberta és relativament modern.

–Ah, doncs potser el llibre que jo busque també el té escrit a la portadella i per això no es veu des de fora.

–I per què busques eixe llibre amb tanta insistència?

–Mmm... per fer-li un favor a un amic –va confessar Núria, agafada en falta.

Isidre Bataller deixà l'incunable al seu lloc en la vitrina i s'allunyà cap a un altre racó de la botiga amb el plomall. Núria va continuar examinant antigalles fins a convéncer-se que cap d'aquells exemplars no tenia res a veure amb el llibre que llegia Aleix.

–Has acabat, reina?

–Sí, no he trobat el que buscava.

Aleshores l'home va obrir un calaix del taulell i va traure un llibret.

–Pren, llegeix-te'l, és un regal –li va oferir–. Així coneixeràs la història dels llibres. És important que sàpies a què t'enfrontes. Un llibre és molt més complex del que t'imagines.

–Oh! Qui ho diria! Jo pensava que un llibre era un grapat de fulls enquadernats.

L'home va esbufegar davant de tanta ignorància.

–Qui t'ha recomanat el meu establiment? –va voler saber, qui sap si per apallissar aquell descarat.

–El meu avi. Li diuen Joaquim Peris.

–Quimet!? I tu ets la seua néta? –va exclamar el sorprés llibreter–. Doncs m'alegre de conéixer-te, bonica. Ah, Quimet! Quants bons moments hem passat junts! Ell es dedicava a buidar cases velles i sempre trobava grans tresors literaris, després acudia a mi perquè li'ls comprara. Però fa massa temps que no ve per ací, com està?

–Mmm... està bé, a pesar que ell ho nega.

Isidre Bataller va deixar el plomall sobre el taulell i va anar a tancar la porta de la botiga amb una clau negra i enorme. Després s'acostà al fons del local.

–Vine amb mi, vull mostrar-te una cosa –li va dir a Núria.

Ella va dubtar, al capdavall no coneixia de res aquell home. De sobte, va recordar les advertències dels pares i els pèls se li eriçaren. Tantes vegades que s'havia burlat d'aquella xarrameca adulta i ara la comprenia per fi.

–No tingues por, bonica –va dir l'home, que li havia llegit els pensaments–. Si vols, telefona al teu avi. Ell et dirà que pots fiar-te de mi.

Núria va decidir arriscar-se. Potser encara hi havia alguna possibilitat de salvar Aleix. Així que va fer via darrere d'Isidre, que la va conduir a la rebotiga. Si la tenda li havia paregut fosca, aquella cambreta encara ho era més. Solament estava il·luminada per una bombeta que penjava del sostre. Davall, hi havia una antiga taula de noguera i una butaca de vímet. Sobre la taula reposava un modern ordinador portàtil.

–Sembla mentida que un vell antiquari com jo, tinga aquesta filigrana, veritat? És cosa del meu nebot. Ara fixa't bé, perquè et mostraré una cosa molt personal...

Núria va notar que les cames li feien figa. Havia arribat l'hora de pegar-li una empenta a aquell home i córrer veloç cap a la portella? «No, encara no, aguanta una mica més», va pensar.

–Es tracta d'un treball que va començar el pare de mon pare –va dir Isidre, molt orgullós–. Ho va fer perquè li abellia, cap client li ho va encarregar. Després els familiars hem continuat la seua tasca i Ricardet ho ha ficat a l'ordinador. Jo no tinc molta traça per a açò de la informàtica, però almenys he aprés a posar en marxa la màquina...

El llibreter va prémer un botó i l'ordinador va mostrar un salvapantalla amb un bonic paisatge campestre.

–Vull que entengues que el que et mostraré és confidencial...

Núria va retrocedir a poc a poc. Allò feia molt mal aspecte i ja en tenia prou.

–Guaita, ací tinc les fotografies! –va exclamar Isidre Bataller–. Però, on vas, criatura? Aquesta és una obra grandiosa! Es tracta d'un recull de llibres oficialment desapareguts, descatalogats o fora de comerç.

Núria va aturar la retirada. Un recull de llibres? Allò era inofensiu, al·leluia!

–D'alguns exemplars en tinc totes les dades, d'altres no. Asseu-te, observa i veges si identifiques el llibre que busques.

Núria se sentia fatal. Com havia pogut pensar que aquell vell amic del seu avi era un depravat? Estava massa influenciada pels discursos neuròtics dels pares! Va seure a la butaca que li oferia el llibreter i va començar a examinar les imatges dels llibres i les anotacions que algú havia escrit a sota. Va anar passant les fotografies fins que... per fi, va identificar el llibre que buscava.

–És aquest! –va cridar–. El llibre que llegeix Aleix!

–Estàs segura, xiqueta?

–Jo diria que sí! Fa dies que l'observe i crec que no em puc equivocar.

Situat darrere de Núria, el llibreter es va posar les ulleres que havia tret d'una butxaca de la camisa i va fixar-se en la imatge que assenyalava ella.

–Editorial La Carrasquera (València) –va llegir Isidre–. Any d'edició: 1932. Autor: Romà Alòs. Títol:

«Las lágrimas de Heriontes». Darrer exemplar venut: 1943.

–Però al pare d'Aleix li'l van vendre la setmana passada al LLIBER-OCI!

–Impossible. Com veus a la pantalla, el llibre està fora del comerç des de 1943.

Alguna cosa anava malament.

–Vosté ha dit que, sovint, les col·leccions tenen una enquadernació idèntica –va reflexionar ella–. I si estiguérem parlant de dos llibres diferents de la mateixa col·lecció?

–No ho crec. Si fóra així, la resta, o almenys algun llibre de la col·lecció, estaria ací, entre aquestes imatges.

–I quina explicació hi ha? Jo mateixa vaig veure com la venedora del LLIBER-OCI li lliurava aquest llibre al senyor Tardagost.

Isidre Bataller es va quedar dret amb la mirada fixa sobre la pantalla i rascant-se la calba. Intentava trobar una resposta lògica a aquell misteri, però no se li n'ocorria cap.

–Es fa tard i he d'anar-me'n –va dir Núria–. Però si descobreix alguna cosa més sobre aquest llibre, faça el favor d'avisar-me. Li anotaré el meu telèfon...

El llibreter va assentir complagut, després va acompanyar-la a l'entrada de la botiga i va obrir-li la porta. Núria va eixir de La Ploma d'Ànec totalment confusa. Ara que tenia el llibre identificat, resultava que era un exemplar extingit des de feia quasi setanta anys. «Fins i tot els llibres s'extingien, com els maleïts mamuts!», va pensar de mal humor.

16
LES MUSES

Quan Manel va veure arribar Regina des de l'altra banda de la vorera, el cor se li va accelerar com un tambor de guerra. No sabia què li passava amb aquella xica: comptava els minuts que faltaven per a estar amb ella i, alhora, se sentia cohibit en la seua presència. Era un sentiment contradictori i enutjós que el treia de polleguera. «Manel, ets un cagat», es deia.

–Hola, lamente arribar tard –el va saludar–. Estava estudiant, demà tinc un examen molt difícil.

–És igual, jo també acabe d'arribar ara mateix –va mentir ell, en realitat feia mitja hora que l'esperava fent voltes per la vorera.

–Va, pugem a casa de Llum –va dir ella agafant-lo per la mà–. I recorda que no l'has d'atabalar. Si la poses nerviosa, es passarà alguns dies sense menjar i caurà malalta. A la seua edat, no li convenen els disgustos.

Manel es deixà arrossegar dòcilment, el contacte de la mà de Regina li provocava pessigolles a l'estómac. Van pujar els esglaons trotant: Regina tenia una agilitat sorprenent i Manel la seguia procurant no perdre el ritme. En aplegar al quart pis, Regina va prémer el timbre i van esperar.

–Quant de temps fa que véns ací? –va preguntar ell.

–Des d'octubre. La senyora Llum fou la primera persona a qui vaig ajudar.

–I per què fas açò? Vull dir, ajudar la gent.

–Perquè em fa sentir bé, m'estimula. És com una droga: quan ho tastes ja no pots parar. Ben mirat, sóc addicta al BAF.

Com que la senyora Llum no apareixia, Regina va traure una clau del sarró i va obrir. Dins estava tot fosc i Manel va desitjar de tot cor que Regina li tornara a oferir la mà, però (oh, maleïda i refotuda sort!) la xica no ho va fer.

–Passem, la senyora Llum deu estar al seu despatx.

Regina el va conduir a les fosques a través del passadís fins a una porta que era la mateixa que la vella li havia tancat als nassos a Manel dies enrere. La xica va empentar la porta i van entrar en una àmplia cambra il·luminada per tres canelobres (amb tres ciris cadascun) que descansaven sobre una massissa taula de roure. Les flames ballaven i es bellugaven al compàs de tènues notes musicals de Vivaldi, que provenien d'un gramòfon situat sobre una vitrina. A la taula s'amuntegaven fulls de paper desordenats i, en una de les parets, un rellotge de pèndol marcava el temps amb una insistència irritant.

–Hola, senyora Llum! Com està? S'ha pres les medicines avui? –va preguntar a l'anciana que escrivia frenèticament amb una ploma estilogràfica.

La dona va saludar-los amb un llarg brunzit sense alçar el cap, però Manel no va captar-li ni un sol mot perquè tenia el tic-tac del rellotge clavat al cervell.

–Escolte, senyora Llum –va dir Regina–. El meu amic vol fer-li unes preguntes. Serà tan amable d'atendre'l?

L'anciana va fer que sí amb el cap, però no va deixar d'escriure.

–Bona vesprada, senyora –va dir Manel amb un nus a la gola–. Coneix alguna xica el nom de la qual comence per la lletra K?

L'anciana escrivia ara més de pressa que mai, encorbada sobre els papers.

–Li hauràs de parlar més fort –l'aconsellà Regina–. Ja saps que està sorda.

Manel va agafar aire abans de parlar a crits.

–Senyora Llum, coneix alguna xica el nom de la qual comence per K!!?

L'anciana va redreçar el cap i va somriure, mostrant dues rengleres de dents grogues i diminutes. La cara se li omplí de milions d'arrugues, no li'n cabien més. Després va emetre un altre brunzit d'abella.

–Diu que estàs boig –va traduir Regina, aguantant-se les ganes de riure.

–No estic boig, busque la xica que va vendre-li el llibre al pare del meu amic. A la placa del venedora posava KLP.

La senyora Llum va fer que no amb el cap.

–Té vosté algun llibre que tracte dels espartans!? –tornà a cridar Manel.

–No crides tant, m'estàs deixant sorda a mi també –va queixar-se Regina.

Manel va enrogir de vergonya, estava fent el ridícul. Aleshores va oir de nou el brunzit i aquesta vegada va ser molt llarg.

–Diu que té tants llibres que ni es recorda de què tracten –va traduir Regina–. A més de col·leccionar llibres, també n'escriu. De fet, una de les seues novel·les va ser traduïda a l'anglés i a l'alemany. Un conegut director americà va fer una pel·lícula sobre l'argument d'eixa novel·la i va obtenir un èxit mundial.

El brunzit tornà a fer-se oir i ara no li va caldre la traducció perquè, curiosament, va ser capaç d'anar endevinant les paraules de la senyora Llum. Com una allau, li aplegaven al cervell a través de l'al·lucinada oïda.

«Això era quan ELLES em protegien i m'ajudaven a triomfar. A canvi, els consagrava els meus èxits per tal d'afalagar-les. Eren tan belles i intel·ligents! Des de menuda em van guiar, ELLES em ficaven les idees al cap i em movien les mans quan escrivia. Però vaig ser dolenta i es van emprenyar. ELLES van fugir del meu costat. Com les enyore!»

Les llàgrimes començaren a rajar-li dels ulls i a caure sobre els fulls, esborrant la tinta dels mots. Aquells sospirs i gemecs espectrals glaçaren la sang de Manel.

–Què has fet!? Deus estar satisfet d'haver-la posada tan trista! Ix d'ací i espera'm al carrer –va renyar-lo Regina.

Manel va obeir gustós, aquella casa li provocava angúnia, estava segur que ni l'espartà més valent seria capaç d'endinsar-s'hi sense vacil·lar. Per sort, l'aire fred del carrer va animar-lo. Mai no s'havia considerat poruc, però la vella el tenia atemorit amb aquell somriure de gnom i els ulls de mussol. A qui es referiria quan parlava d'«elles»? Fantasmes, esperits? Tot era possible en aquella casa infernal!

–Hola, ja estic ací, Manel –va saludar Regina–. Em sap greu haver-te escridassat, però t'havia advertit que no la posares nerviosa.

–Caram, tampoc era per posar-se a plorar...

–Anem a la cafeteria de la cantonada i parlarem, d'acord?

D'acord, però Manel no sabia si podria convidar-la a un café. Va palpar-se la butxaca molt nerviós, per sort encara li quedaven unes monedes. Fent-les dringar dissimuladament, va entrar a la cafeteria darrere de Regina.

–Què prendreu, parella? –va consultar-los el cambrer.

–Jo vull un batut de vainilla i un croissant –va demanar Regina.

–A mi... porta'm una aigua natural –va fer ell.

Mentre esperaven que el cambrer tornés amb les comandes, guardaren un silenci nerviós. A través de la finestra, el xicot mirava l'embús de cotxes que s'havia format fora, on una dona jove havia eixit del cotxe per esbroncar el conductor d'un autobús i la resta de vehicles feia sonar el clàxon. Caram, com estaven les dones aquell dia!

–M'hauràs de disculpar, però tinc una fam terrible –va dir Regina, atacant el croissant sense miraments.

–No m'havies explicat que la senyora Llum era escriptora.

–En realitat no li diuen Llum. El nom li l'he posat jo. Ni ella mateixa sap com li diuen. També ignora la seua edat. Els papers que la identifiquen estan en poder del seu administrador, ella no sap res del món exterior. Viu per a l'escriptura: escriu i escriu amb vertadera desesperació. A mi, em dol veure-la així, reclosa en casa amb els llibres com a única companyia. No té familiars ni amistats que la visiten.

–Per què parla d'ELLES? Qui són?

Regina va fer un llarg sospir.

–Es refereix a les muses, per descomptat.

–Les què?

–Les muses: nou dones màgiques que inspiraven els artistes de l'antiga Grècia.

–Ara comprenc per què l'anomenes Llum.

–Què vols dir? –s'estranyà ella.

–Eixa vella està com un llum.

–No és veritat! Sabia que te'n burlaries –va replicar molesta–. Li dic Llum per la seua dèria amb els ciris.

–Qualsevol dia provocarà un incendi. Viu en un pis ben il·luminat, si obrira les finestres o encenguera els llums, no li farien falta les espelmes.

–No ho fa per la il·luminació, tanoca! Nou muses, nou ciris. Comprens? Està intentant congraciar-se amb elles. És una ofrena que els fa.

Manel va quedar-se mut. Intentava pair aquella informació tan estrambòtica.

–Anem! –va dir Regina alçant-se d'un bot–. I no pagues, avui convide jo.

Segurament la xica havia endevinat que Manel anava pelat. Quina vergonya! D'altra banda havia especificat que aquell dia convidava ella, tal volta esperava tornar a quedar amb Manel més avant. Fantàstic! Així aprofitaria per fer-li més preguntes sobre la senyora Llum. Muses! Ofrenes! Què significava tot allò? I una altra vegada les coincidències: la lletra K era grega, els espartans també i ara les muses.

17
L'ENEMIC

Joaquim havia aprés a usar l'ordinador feia un temps, quan encara s'interessava pel món. En aquell moment buscava informació sobre els espartans a través d'Internet. La majoria de documents que havia llegit no li havien aportat res de nou, però havia d'admetre que era una bona eina de treball. Estava en la cambra de Núria, així que no va sorprendre's quan Jacint va fer uns colps a la porta entreoberta.

–Passa, Jacint, que la teua filla no està –va convidar-lo a entrar.

–I què fa vosté ací? –s'estranyà ell.

–Núria m'ha donat permís per a utilitzar l'ordinador.

–On està? Darrerament no la veiem molt. Aquesta filla meua deu estar ficada en algun embolic!

–Mira que ets malpensat, Jacint! Núria prepara un treball que li han ordenat a l'institut. Això és tot.

–Doncs podria preparar-lo ací en casa, té materials de sobra –s'emprenyà Jacint–. Em pareix que hauré de parlar amb ella molt seriosament.

–Sí, Jacint, parla amb Núria. Però fes el favor de no esbroncar-la. Si ho fas, no t'escoltarà.

–Em resulta difícil mantenir la calma amb ella, Joaquim. La seua actitud és insuportable; no ens respecta, ni a mi ni a sa mare. Ufff... no sé com actuar amb ella, si almenys fóra com Laia...

–Núria és tan bona xica com Laia, però passa per un mal moment.

–I què em dius del seu aspecte? Quan la veig pel carrer, me n'avergonyisc. Sembla una... una... aparició... –va quequejar Jacint indignat.

–Que prompte que oblidem, Jacint! El primer dia que et vaig veure, portaves la melena fins als muscles i uns pantalons apedaçats. A més, et calia una dutxa urgent.

–Però era la moda d'aquells temps i...

–Saps què em va dir Lledó, aleshores, quan li vaig comentar el meu disgust? Doncs em va dir que sota aquella roba hi havia un bon xicot i que jo havia d'aprendre a conéixer les persones a pesar de la seua aparença. Des d'aleshores ençà m'esforce a no fer cas de la moda que ens imposa aquesta societat capriciosa. I prove de jutjar les persones per les seues accions, no per la roba que porten.

Llavors, ambdós van veure arribar Núria, que venia arrossegant els peus i amb el cap cot. Jacint s'afanyà a eixir de la cambra, no volia semblar un tafaner, però abans encara va fer-li una besada fugissera a la filla.

–Papà, disculpa'm, avui no soparé. Estic esgotada.

–Li diré a ta mare que et porte un got de llet. Cuida't.

Joaquim va somriure satisfet, encara no estava tot perdut. Després, va apagar l'ordinador i es va alçar de la cadira palpant-se el llom adolorit. Es moria de ganes de parlar amb Núria, però comprenia que aquell no era bon moment. Així que va desaparéixer discretament. Ja tindria temps de preguntar-li com havia quedat a La Ploma d'Ànec.

L'endemà era dimecres. De bon matí, Núria va entrar a la cuina, va servir-se un suc de taronja i cereals en un bol i va remenar la barreja amb una cullera. A continuació, va seure al costat de l'avi, que l'observava preocupat mentre xarrupava una infusió.

–Fas mala cara, nena.

–Ahir va ser una dia nefast i no crec que avui siga millor –va dir ella jugant a pescar un parell de flocs de cereals.

–Sempre ens queda l'esperança.

–A mi, ni això, iaio –va sospirar ella–. El teu amic Isidre Bataller em va advertir que no trobaré mai el llibre que busque.

–Pot haver-se equivocat, ningú és infal·lible –va provar d'animar-la–. T'has llegit res sobre els espartans? Jo sí.

–Gràcies per ajudar-me, però ja ho pots deixar estar. Encara no he pogut investigar sobre els espartans, en canvi estic llegint una obra sobre la història dels llibres. I quantes de coses que estic aprenent! –va dir Núria–. Sabies que la paraula *llibre* ve del vocable llatí *liber*, que significa 'escorça d'arbre'? Doncs sí, en al·lusió al tub de fusta en què s'enrotllaven els papirs romans. Posteriorment, van adoptar la forma de còdex, més pareguda a la de l'actual llibre. I, abans d'inventar-se la impremta, els llibres es copiaven mà, d'un en un. Increïble!

–Sí, Núria, la faena que feien els copistes era increïble. Per això els llibres resultaven tan cars i difícils d'aconseguir. Solament els nobles i els religiosos podien gaudir-ne. Gutenberg ens va fer un gran favor.

–I què me'n dius, del material que utilitzaven en l'antiguitat? Primer escrivien sobre pedra. No vull ni saber el pes que devien suportar els pobres escolars! Després, sobre papir, sobre pergamí i finalment sobre paper. Però més curiós em pareix que els copistes escrigueren les paraules juntes, sense espais que les separaren. Quin embolic! En fi, m'he quedat en el procés actual de confecció del llibre, que tampoc sembla molt fàcil.

Joaquim hauria desitjat contar-li, a més, que les revolucions més grans s'han iniciat a partir dels llibres més menuts i que no hi ha arma més poderosa que un llibre. Ell mateix havia contemplat que homes armats amb temibles rifles cremaven muntanyes de llibres per considerar-los perillosos. Però allò havia passat quan Joaquim era un nen, des d'aleshores ençà ell havia sofrit molt. Ara era vell i no volia tornar a sofrir, valia més oblidar. Va adonar-se també que feia hores que havia descurat la seua sordesa i no li convenia.

–Què has dit, reina? –va preguntar fent-se el despistat.

–Res, iaio. Que me'n vaig a l'institut.

–Ah, sí, el canut! Això mateix.

Tal com l'havia aconsellada Isidre Bataller, Núria havia intentat conéixer millor el seu enemic a través del llibre que li havia regalat. Ara ja sabia per què havia fracassat fins aleshores: perquè havia menyspreat el contrincant. S'enfrontava a una cosa molt més complexa del que s'havia imaginat.

La senyoreta Augusta va entrar a l'aula amb cara de pomes agres i a Núria se li va tallar la respiració. Allò feia mala pinta i així li ho va comentar a la seua companya Judit. La professora va creure que aquelles dues alumnes estaven parlant malament d'ella i s'enfurismà:

–Núria i Judit, us espere a la sala dels professors a les onze –va dir descarregant les carpetes sobre la taula.

La resta d'alumnes va mirar amb llàstima les dues companyes condemnades. Núria va contenir les ganes de cridar que ella no havia fet res de dolent, però va callar per prudència. No li convenia empitjorar les coses. A les onze del matí va entrar a la sala. Augusta llegia el periòdic i es bevia una tassa de te al costat de la finestra, per tal d'aprofitar la calor dels rajos de sol que hi entraven. Va saludar-la amb una mirada acusadora i Núria va sentir-se com un cuc miserable.

–Ja m'ha dit Judit que no estàveu criticant-me, però així i tot la teua actitud no m'agrada –va dir la professora–. Espere que estigues acabant el treball que et vaig encomanar.

–Encara no l'he acabat, però estic ben avançada –va mentir descaradament.

–De què va el teu treball? –va preguntar Augusta molt suspicaç.

–De l'obra de Romà Alòs, un autor que va publicar els seus llibres a l'editorial valenciana La Carrasquera, abans de la guerra civil.

–D'acord, doncs treballa de pressa. Aviat vull veure resultats.

Després d'aquella conversa, Núria va adreçar-se a la biblioteca. Volia parlar amb Manel. Ell llegia sobre el taulell i estava tan concentrat que, per un moment, va témer que hi estiguera enganxat com Aleix.

–Hola, Manel! –va cridar.

Els alumnes que es trobaven en la biblioteca ni tan sols van alçar els caps, s'estaven acostumant al soroll. La biblioteca ja no era el lloc tranquil d'abans, però era molt més amena.

–Xxxxttt! No toleraré més escàndols –va bramar Raimon, que encara no s'hi havia avingut.

Manel va girar els ulls en blanc, fart de l'actitud tan postissa del seu company.

–Tranquil, senyor bibliotecari, que t'agafarà un atac al cor –va dir–. Per què m'has cridat així, Núria?

–Perdona'm, estic una mica histèrica. Vull utilitzar el PC de la biblioteca.

–T'ha d'autoritzar Raimon i l'has d'usar per raons estrictament acadèmiques.

–Molt bé, doncs fes-me el favor de demanar-li-ho a Raimon i ja xarrarem després.

Núria va intentar trobar informació sobre Romà Alòs però resultà inútil. A la web no hi havia res sobre aquell personatge. Després, va fer el mateix amb l'editorial La Carrasquera. Aquesta vegada va tenir més sort, però sols una mica més. Aquella editorial constava com una de les més antigues de València, però havia tancat les portes l'any 1958, després de sofrir un incendi catastròfic. A la darrera Fira del Llibre de la ciutat, les autoritats municipals hi havien fet un homenatge i havien acudit molts autors i editors que n'havien lloat la trajectòria al món cultural.

En conclusió, no solament havia desaparegut el llibre sinó també l'editorial. I de Romà Alòs, tothom se n'havia oblidat. Allò pareixia el circ: cada vegada més difícil!

Manel l'esperava amb l'esquena recolzada a la paret. Els braços estesos sostenien un llibre feixuc i tenia el cap inclinat endavant. No va adonar-se de la presència de Núria fins que aquesta va estar a pocs centímetres de distància.

–Però què us passa amb els llibres? –va preguntar ella, molt irritada–. Sembla que us hagen embruixat.

–Em vas dir que investigara els espartans i això faig. Ara estic en plena batalla de les Termòpiles. Ni t'imagines com n'eren, de brètols! No els aturava ni l'infern. Ara ja sé per què Heriontes va desertar: devia tenir més escrúpols que els seus compatriotes. Un pacifista avançat.

Recapitularen tota la informació de què disposaven. Havien descobert moltes coses sobre el llibre que llegia Aleix, però encara desconeixien per què el tenia enganxat.

–I de la senyora Llum, què saps? –va voler saber Núria.

–Eixa dona és escriptora i està boja del tot, ignora com li diuen i l'edat que té. Està convençuda que les muses la van ajudar a ser famosa quan era jove, en canvi ara creu que l'han presa avorrida i vol congraciar-se amb elles. Primer li vaig preguntar si coneixia KLP i es va burlar de mi. Després, vaig voler saber si tenia un llibre sobre els espartans, però no ho recordava. Potser si li haguera donat més dades...

–Ja conec el nom de l'autor, el títol de l'obra i l'editorial. I si tornem a visitar l'anciana?

–Ni pensar-ho!

–Ah, per què no?

–Mmm... Regina m'ha esbroncat perquè he fet plorar l'anciana.

–Ha, ha, ha... Ara ja et fa por Regina?

«No, en realitat em fa por la mòmia», va pensar ell, però millor no dir-ho.

–D'acord, aniré jo –va dir Núria–. Sent col·leccionista i a més escriptora, ha de conéixer alguna cosa sobre el llibre que llegeix Aleix. Qualsevol informació ens pot ser útil!

–Com vulgues. Però vés amb compte i no disgustes l'anciana, o els crits de Regina se sentiran per tota la ciutat. Eixa xica és massa sensible.

«Ai, Regina! Com podria desemmascarar-la?», va pensar Núria, «Ningú em lleva del cap que ella és KLP». I ací tenia el bajoca de Manel, a qui li queia la bava amb la xicota. Fins i tot havia escampat per l'institut la notícia que eixia amb ella. Quin tros de fatxenda!

18
LA MUSA DE MIRADA DEVASTADORA

Manel havia buscat informació sobre les muses gregues. Així s'havia assabentat que eren nou filles de Zeus: Clio, Erato, Polímnia, Talia, Cal·líope, Euterpe, Melpomene, Terpsícore i Urània. En una pintura apareixien totes juntes ballant en cercle, descalces i vestides amb túniques de colors esvaïts. Eren criatures d'una bellesa antiquada, de semblant dolç, pàl·lides i carnoses, amb els cabells trenats. Reflectien una barreja de serenitat i saviesa que l'atreien com un imant. De fet, li venien ganes de posar-se a ballar al bell mig del cercle.

Però el que era clar és que les muses no l'havien inspirat a ell quan havia fet l'examen de física, perquè aquell dia el professor els havia repartit els resultats i

Manel havia obtingut un 4,60 sobre 10. Suspés. Ell i més de la meitat de la classe.

–Està vist que no sereu mai uns genis! –es va lamentar Daniel–. Tot i això, em sap greu que aquesta nota us baixe la global, per tant us donaré una altra oportunitat. La setmana que ve repetireu l'examen. Feu el favor d'estudiar, no hi haurà més oportunitats.

La majoria dels alumnes es va animar, Manel no. De sobte un abaltiment descoratjador s'havia apoderat d'ell, se sentia incapaç d'aprovar l'examen per més oportunitats que li donaren. Per tal de traure's aquell desfici de damunt, a migdia va buscar la llista de persones amb les inicials KLP que havia elaborat la setmana anterior. Aprofitant que encara tenia crèdit, va fer les trucades amb el mòbil des de la seua cambra. Es va inventar que era l'enquestador d'una campanya oficial.

La primera KLP era una tal Kim Lavanda Pirsworth, una dona jubilada amb accent anglés que va perjurar que ella no havia treballat mai en cap llibreria, però sí que havia estat algunes vegades al LLIBER-OCI. Es considerava una bona lectora, però preferia visitar les biblioteques més que no les llibreries. Descartada.

El segon KLP va respondre al nom de Kublai, era turc i no va entendre ni pruna de la llarga explicació que li va fer Manel. Descartat.

A continuació, va parlar amb Katerina, una mestressa de casa voltada de xiquets que ploraven i que no podia parlar molta estona perquè tenia el perol al foc. La dona ignorava l'existència del LLIBER-OCI. Descartada.

El contestador automàtic del curandero Kiko Lanez Prades va indicar-li que no estava en casa, que avui atenia fora del domicili, si volia una cita havia de prémer el número 1 i si volia fer un donatiu havia de prémer el 2. Descartat.

Els altres quatre KLP no van agafar el telèfon i la mare va cridar-lo perquè ja tenia el plat del dinar servit en taula. El pare mirava el rellotge, nerviós com sempre per la manca de temps, era un candidat ideal a agafar una úlcera. Raül llegia un còmic a l'espera de començar a devorar el menjar. Els seus germans menuts es barallaven entre ells perquè ambdós volien punxar la mateixa oliva del plat de l'amanida.

–Com va l'institut, Manel? –va voler saber son pare–. Espere que no et tornes a barallar amb ningú. Amb una vegada, prou.

–No, papà.

–I amb qui parlaves per telèfon? –va indagar la mare.

–Caram! Quina falta d'intimitat! –va explotar Manel.

–Segur que parlava amb la seua nòvia! –rigué Raül.

Cinc parells d'ulls van fitar-lo amb curiositat, però Manel no va dir res. Què podia dir? Si negava l'existència de la nòvia, Raül l'acusaria de mentider. Si ho confirmava, el fregirien a preguntes.

–Mira, fill meu, pot ser que t'agrade alguna xica. Però això no t'ha d'impedir complir els teus deures. Ara com ara, la teua principal obligació és estudiar –va sentenciar el pare.

Manel sentia que la cara li bullia de ràbia i vergonya. Quan agafara Raül, se'n penediria d'haver-lo delatat. Quin bocamoll! Se suposava que solament havia de fer córrer el rumor a l'institut, no en casa. Jaume i Fermí es pegaven colzades i es reien del germà major, s'havien oblidat de l'oliva, a partir d'ara tindrien un tema més interessant de conversa.

Recremat encara, a l'entrada de l'institut va topar-se amb el seu amic Salva. Aquell tros d'idiota va voler saber si dissabte l'acompanyaria al cinema o, per contra, se n'aniria a festejar amb la nóvia universitària. Volia enviar-lo a pastar fang, però en això que va acostar-se-li Clara amb un somriure molt seductor.

–Hola, Manel –va dir–. Quan quedem?

Ostres! S'havia oblidat de l'escrit de Clara! I ara ella esperava una resposta. Manel va intentar guanyar temps.

–Jo... encara no ho he pensat... però... –va quequejar.

Clara va obrir els ulls com a plats, després va canviar el somriure per una ganyota de menyspreu absolut.

–Doncs ja no cal que ho penses, se t'ha acabat el temps –va contestar molt digna i va allunyar-se a grans gambades.

–Òndia! –va exclamar Salva–. Quin èxit amb les dones!

Manel havia entrat en estat de xoc. Com s'havia pogut oblidar de Clara? Si era un somni de xica! Però la veritat és que l'examen de física i el tema d'Aleix li havien absorbit els pensaments. Tantes preocupacions li venien grans, no sabia què més fer, estava perdut. Tal volta seria millor que el senyor Tardagost consultara l'opinió d'un especialista. Però, hi hauria especialistes a desenganxar persones dels llibres? Ho dubtava molt.

Després de dues hores interminables de classes, Manel va eixir al carrer i va decidir fer un tomb per tal d'animar-se. Els peus el van portar a la casa del seu amic, el senyor Tardagost va obrir-li la porta:

–Hola, Manel, passa. Núria ja està amb Aleix.

–Com va ell? Ha fet cap millora?

–No, però tampoc està pitjor.

El senyor Tardagost i Manel passaren al menjador. Núria estava asseguda al costat d'Aleix, li acariciava els cabells i li parlava dolçament. Ell es deixava amanyagar sense demostrar cap sentiment de plaer o disgust. Llavors, Manel es va posar davant d'Aleix com si fóra un pistoler i va disparar paraules:

–Mira, Aleix, ja sé que el rotllo dels espartans està molt bé, la veritat és que a mi també m'agrada –va començar–. Això d'aprendre tècniques de lluita a les escoles, bramar crits de guerra, formar falanges i batallar sense rendir-se... està molt bé, però no fins al punt d'obsessionar-te, home. M'escoltes o no, tarat? Deixa-ho córrer, Aleix! No veus que ens fas sofrir!?

Cal dir que el discurs no va tenir l'èxit esperat i, a Manel, li va faltar poc per posar-se a plorar de ràbia. Però llavors va recordar que els espartans sempre mantenien la calma, així que va reprimir les llàgrimes.

–Senyor Eladi, no ens queda més remei que sol·licitar l'ajuda d'un bon professional –va anunciar finalment.

–Em fa tanta por que se l'emporten a un d'eixos centres psiquiàtrics! –va exclamar el senyor Tardagost–. T'ho imagines? Ací, almenys, el veig tots els dies. Quan me'n vaig a dormir, li faig un bes al front. Com quan era menut i tenia por de la foscor.

Núria va plantar-se de colp i volta.

–No se l'emportaran! –va exclamar feta una fúria–. Estem fent tot el possible per salvar-lo, prompte tornarà a ser el mateix de sempre.

–Doncs jo no estic tan segur, Núria –va contestar Manel.

–Bé, ja sé què farem: si d'ací a una setmana no obtenim resultats, acudiré al metge –va decidir el senyor Tardagost.

Núria va deixar-se caure sobre la cadira i es tapà la cara amb les mans, mentre el pare d'Aleix es retirava cap a la cuina. Aleshores van sentir que el timbre de la porta sonava amb insistència i, en un moment, Regina va aparéixer davant d'ells tota somrient.

–Hola a tots! –va dir–. Amunt els ànims, que ha arribat el BAF!

–Dis-li-ho a Manel. S'ha cagat damunt, mira si és covard! –va queixar-se Núria–. Em pareix increïble! Jo pensava que éreu amics, Manel. La veritat és que estava segura que tu l'estimaves tant com jo.

–I tant que l'estime, tu què t'has pensat? –es va emprenyar–. Per això vull ajudar-lo i no veig que nosaltres siguem capaços d'aconseguir-ho. D'acord, ja sabem un fum de coses sobre aquest llibre, i què? Aleix no ha millorat gens!

Regina va situar-se enfront de Manel i el va mirar directament als ulls.

–Núria té raó, no podem desanimar-nos –va dir amb una veu tan dolça com la mel–. Estem junts en açò i alliberarem Aleix. M'escoltes, Manel? Estem junts, sí o no?

Manel va estremir-se, una onada de calor va recórrer-lo de dalt a baix, fou com una descàrrega de corrent elèctric que el va deixar trasbalsat.

–Sí, junts –va mussitar sense forces.

Aleshores va sentir com Núria demanava a Regina que l'acompanyara a casa de la senyora Llum i ella accedia sense protestar. Però els sons li arribaven des d'una altra dimensió. Quan elles van partir, Manel va seure al costat d'Aleix: malgrat que no podia comunicar-se amb el seu amic, se sentia acompanyat i allò l'ajudava a recapacitar. Al capdavall, s'alçà com un autòmat, s'acomiadà del senyor Tardagost i va eixir al carrer. L'aire fred l'espavilà de sobte.

De camí a casa, havia arribat a un parell de conclusions: que volia salvar Aleix i que necessitava aprovar l'examen de física. «Lliuraré aquestes batalles amb tanta valentia com el gran rei Leònides», pensava. A més, ara tenia la seua pròpia musa, sens dubte una font d'inspiració inesgotable: Regina, la de la mirada devastadora.

19
EL PSEUDÒNIM

Durant el trajecte fins a casa de la senyora Llum, les xiques parlaren poc. Regina s'adonava de la falta de simpatia que li professava l'altra i no volia arriscar-se a rebre una estocada. Núria tenia el cap abstret en un fum de pensaments, sobretot recordava la nova espantada de Manel. Podia continuar confiant en ell o d'ara en avant hauria d'apanyar-se-les sola? Bé, si així era, no li importava, valia més sola que mal acompanyada.

–Procura no posar-la trista, Núria –va dir Regina abans d'entrar a l'edifici–. Ja saps què va passar amb Manel.

–No em compares amb ell, per favor.

–Per què teniu tant d'interés a parlar amb la senyora Llum? És una dona molt vella i no ix de casa. Què pot saber de res?

–Busque informació sobre un autor que deu ser de la seua època. Segur que li sona.

–Ha! Si no recorda què va fer la setmana passada, difícilment contestarà les teues preguntes. Viu en altre món: solament li interessa l'escriptura. Fa uns pocs anys, encara escrivia molt bé. De fet, he trobat alguns esborranys fantàstics, però ara només escriu incoherències. Comença les històries i no les acaba, les barreja i les confon.

L'anciana va rebre les xicotes amb un somriure llunàtic i va tornar a la cambra on cremaven les espelmes. Regina va convidar Núria a seure enfront de la dona mentre ella es quedava dreta a un costat, vigilant atentament.

–Hola, bona vesprada. Puc fer-li un parell de preguntes? –va dir Núria, procurant vocalitzar correctament perquè l'anciana la sentira bé.

La senyora Llum va deixar d'escriure i es va quedar mirant-la fixament. Núria va interpretar que allò volia dir que sí.

–Vosté ha sentit parlar d'un autor anomenat Romà Alòs?

–No –va contestar amb aquella veu tan peculiar.

–Per favor, faça memòria, és molt important –va suplicar Núria.

–És el seu nom vertader o es tracta d'un pseudònim? –va preguntar la senyora Llum.

Ostres! En això no havia caigut Núria!

–Molts escriptors empren pseudònims a les seues obres –va continuar parlant la vella, aliena a la decepció de la xica–. Jo mateixa, de jove, ho feia. És una forma de preservar la intimitat. Encara que de vegades ho fem perquè no tenim altra opció.

–No sé si es tracta d'un pseudònim o no. Solament puc dir-li que Romà Alòs va publicar una obra a l'editorial La Carrasquera.

L'anciana va tenir un ensurt.

–Oh, sí! La Carrasquera! Bona editorial. Jo crec que hi vaig publicar alguna de les meues obres, però no ho sé cert. No ho recorde bé ni tampoc recorde el tal Romà... Solà... o com es diga. Hi ha tants escriptors i escriptores! Però ELLES solament confiaven en mi i per això van acceptar les meues ofrenes. Ara he de continuar escrivint, perquè obliden l'enuig. Sé que em perdonaran quan els oferisca el meu millor regal.

A continuació, l'anciana es posà a gargotejar en els fulls que tenia sobre la taula. Regina va fer un gest a Núria perquè eixira fora i ella va obeir resignada. Sempre que creia avançar una passa, topava contra un mur de pedra. Però no volia anar-se'n sense fer una ullada als llibres de les prestatgeries i Regina va consentir-li-ho.

Quina barbaritat! Aquella casa era pitjor que La Ploma d'Ànec. Ignorava si hi havia algun incunable, però el llibre més nou devia tenir com a mínim cinquanta anys. Va reconéixer-ne algun de famós, com el *Tirant lo Blanc*, tanmateix la majoria no li sonava de res. Volia agafar-ne un per a fullejar-lo, però Regina li ho va desaconsellar:

–Millor que no, la senyora Llum és una col·leccionista molt escrupolosa i no suporta que ningú manipule els seus llibres.

Finalment, Núria va decidir tornar a sa casa. S'acomiadà de Regina i va pujar a l'autobús, que anava quasi buit. Va escollir un seient a la darrera fila i va traure el llibre que li havia regalat Isidre Bataller. «El pseudònim és un nom fals utilitzat per l'escriptor per signar les obres sense ser reconegut. L'ús pot venir provocat per la temàtica de l'obra (per exemple quan es tracta d'una novel·la eròtica o política), per exigències d'un concurs o per motius personals. Un cas particular és el de les dones artistes, que sovint en el passat s'havien d'amagar sota un nom masculí per poder difondre la seua obra.»

Aleshores es va sentir l'udol d'una alarma i l'autobús va fer un moviment brusc per apartar-se del camí. Núria s'abocà a la finestra i va veure passar el vehicle a tota velocitat, amb el llum roig girant i les grans lletres que en mostraven la identitat: SREBMOB (o siga BOMBERS a l'inrevés, per tal que els conductors ho veieren com cal a través del retrovisor). I Núria va tenir un flaix. Va ser com una sacsejada vertiginosa. L'equivocació de la senyora Llum, que havia dit Solà i no Alòs. El mot bombers a l'inrevés. Un pseudònim. Les idees va anar lligant-se les unes a les altres i... plaf! Per fi ho va veure clar: Romà Alòs era en realitat Amor Solà, la vertadera autora del llibre d'Aleix!

Hauria desitjat que l'autobús volara, que tinguera un d'eixos motors de reacció, volia ordenar-li al conductor que no fera cas dels semàfors, però va haver de controlar-se ja que el trànsit era dens a aquella hora i l'home llançava algun renec de tant en tant. Es moria de ganes d'arribar a casa i buscar informació sobre Amor Solà.

Va obrir la porta a corre-cuita i va passar per davant dels pares com una exhalació. Ells van quedar-se amb la boca oberta mentre Núria desapareixia dins de la seua cambra, sense ni tan sols saludar. L'avi, que seia rere el PC, anava a apagar la pantalla.

–Alto! No ho faces! –va cridar Núria.

–Què passa? –va preguntar ell espantat.

–Ara t'ho contaré!

Núria va seure a la cadira i va teclejar ràpidament Amor Solà. Cap resultat! Com era possible? Ho va tornar a intentar en un altre cercador. Res. Va fer un colp sobre la taula amb els punys tancats. Un moment, calia no desesperar: si aquella autora utilitzava un pseudònim seria complicat localitzar-la amb aquell nom. Necessitava temps i paciència, però ella no disposava ni d'una cosa ni de l'altra.

–Iaio, vull que em faces un favor molt gran.

–Ai, filla, quants favors! –es va queixar teatralment Joaquim–. Què vols ara?

–Vull que demà busques informació sobre Amor Solà, una autora que va escriure les seues obres als anys trenta. Podràs fer-ho, iaio? Per favor, per favor!

–Ja veurem... si estic bé... Tinc un doloret al genoll que no portarà res de bo. Ara anem a sopar, que els teus pares s'emprenyaran.

Si estaven emprenyats, ho van dissimular molt bé. Xarraven entre ells animats i Laia participava en la conversa una mica distreta. A la taula fumejaven els plats de crema de carabassa.

–Hola, filla. Saps de què parlàvem? De les vacances d'estiu. La mare i jo havíem pensat de tornar a Cullera, com quan éreu menudes. Recordes que bé que ens ho passàvem?

–I tant, papà! Molaria que tornàrem enguany! –va exclamar Núria, revivint els bons moments viscuts.

–Tu què opines, sogre? –va preguntar Jacint–. T'agrada la platja?

–No m'agrada la pluja, preferisc els dies assolellats –va contestar l'avi–. Quan plou em fan mal els ossos. Maleït reuma!

Tothom va riure. De segon plat, la mare va escudellar un estofat deliciós que va arrancar crits de satisfacció.

–Com està el teu amic? –va tornar a preguntar el pare, sucant el pa integral.

–Una mica millor –va mentir Núria per no trencar aquell ambient tan agradable.

–Ja veuràs com es cura ràpid, els joves teniu una capacitat de recuperació increïble –va animar-la Lledó.

–No com nosaltres, els vells –va dir Joaquim, palpant-se la cama–. Aquest doloret em durà a la tomba!

Però realment el iaio estava content. No solament li agradava la platja sinó (i sobretot) l'absència de disputes familiars. Allò era la glòria. A més, se sentia emocionat pel fet de tenir una tasca pendent: la que li havia encomanat Núria. L'endemà, quan s'alçara del llit, no l'aclapararia eixa molesta sensació de no saber com omplir un altre dia llarg i tediós.

20
EL FONTANER

Dijous al matí Manel havia deixat de banda la batalla de les Termòpiles i s'havia ficat en el tema de les amazones. Eren una raça de dones guerreres enemigues dels homes, governades per la reina Hipòlita. Vivien a l'antiga Grècia, en un regne independent, i havien fundat moltes ciutats importants, com Esmirna. Havien vençut autèntics monstres mitològics, havien envaït nacions importants com Lícia i Frígia i havien seduït herois tan famosos com Hèrcules. Lluitaven a cavall i eren expertes usuàries de l'arc i les fletxes i de la destral. Hom deia que fins i tot es treien el pit dret per poder apuntar millor amb l'arc. Cap home tenia permís per a residir al país de les amazones, però una vegada a l'any (per evitar l'extinció de la seua raça) visitaven tribus veïnes i s'aparellaven. Els nens mascles que naixien d'aquestes visites eren sacrificats o enviats amb els pares, les nenes es quedaven i eren ensinistrades en l'art de la guerra. Aquestes dones no tenien res a envejar als durs espartans!

Aquest nou interés de Manel per les amazones tenia una explicació senzilla. Abans d'entrar a l'institut havia rebut un *whatsapp* de Regina que deia: «Nova pista: Heriontes s'enamora d'amazona».

La nit anterior Manel havia estat estudiant l'examen de física fins a la una de la matinada. S'havia quedat al saló de casa mentre tots dormien. S'havia encomanat a la seua musa particular i, en el silenci de la nit, havia comprovat que les idees li fluïen clares i ràpides. Era sorprenent! Estava en un estat de gràcia increïble! El rostre carnós de Regina l'animava des del mòbil i ell se sentia exaltat com un espartà abans de la batalla, disposat a véncer en aquella particular lluita contra les lleis de l'energia cinètica.

Quan l'endemà veié que Regina li havia enviat un missatge, es va sentir l'home més feliç del món. Tant feia el contingut (fins i tot hauria pogut parlar-li de l'oratge en la Patagònia), la qüestió és que Regina pensava en ell.

Acabada l'hora de l'esbarjo, Raimon i Manel tancaren la biblioteca i anaren al laboratori. De camí es van trobar amb Núria, que va intentar ignorar-los.

–Hola, Núria. Saps una cosa? Tinc una nova pista –li va abocar.

Raimon va seguir caminant i s'allunyà d'ells.

–Sí? Quina? –s'encuriosí Núria.

–Heriontes, el protagonista, s'enamora d'una amazona –la informà–. He estat llegint sobre les amazones a la biblioteca.

–Aleshores continues investigant amb mi?

–Sí. Vaig tenir un moment de feblesa, però ja m'he recuperat.

–Doncs en eixe cas, tinc una missió per a tu.

–I què vol que faça, senyora comissària? –va preguntar, una mica picat.

–Vull que descobrisques si el vertader nom de la senyora Llum és Amor Solà –va dir Núria–. Necessitarem l'ajuda de Regina i tu et dus millor amb ella que jo. Si li ho demanes, hi col·laborarà.

–D'acord, ho intentaré –va accedir.

Però Manel sabia de bestreta que Regina no cediria, que tornaria a desplegar la seua actitud protectora envers la senyora Llum. Si Manel insistia, potser ella acabaria empipant-se i acusant-lo d'insensible. I Manel no volia que això passara, per res del món. Per tant va decidir que intentaria esbrinar la identificació de l'anciana sense l'ajuda de Regina. Ella no sabria mai que Manel havia furgat en la intimitat de la senyora Llum.

Va abandonar les amazones per poder-se concentrar en les pròximes passes a seguir. Què podia fer? Com actuar? Qui li podia il·luminar el camí? L'única persona que se li ocorria era l'administrador que havia esmentat Regina. Però Manel ignorava on localitzar-lo. Potser la portera sabia qui era aquell administrador... Sí, segur que sí! Les porteres ho sabien tot. Vet ací el punt de partida!

A les 15:00 un jove impertinent va intentar pujar els esglaons d'un edifici del carrer de Salamanca. Portava la roba emblanquinada, una gorra descolorida i un llapis enganxat a l'orella dreta. Xiulava tranquil·lament.

–Ei, tu, on vas? –el va aturar la portera.

–Al quart pis, he de parlar amb el propietari.

–La senyora del quart no rep visites –va dir la dona posant-se davant del xicot i barrant-li el pas.

–A mi sí, sóc fontaner i vinc de part de la companyia d'assegurances El Roure. Un veí de l'edifici del costat s'ha queixat que li entra aigua, hem fet els estudis pertinents i resulta que la culpa és de les canonades del quart pis d'aquest edifici.

–Un llanterner tan jove?

–Senyora, els joves d'avui ho tenim difícil, sap? –va emprenyar-se ell–. A la vesprada treballe de fontaner i cobre un salari miserable, al matí estudie. No em faça perdre més temps.

–S'haurà d'adreçar al senyor Miquel de Lluesma, l'administrador de la propietària del quart.

–Tinc pressa, senyora. L'habitatge del meu client s'està inundant.

–Li donaré ara mateix l'adreça del senyor Lluesma.

–Millor done'm el número de telèfon i parlaré amb ell.

–Em sap greu, però s'haurà de conformar amb l'adreça.

El llanterner va esperar impacient que la portera regirara en el calaix de la taula. Finalment, li allargà una cartolina blanca amb rivets daurats.

–Prenga, i la pròxima vegada faça el favor de netejar-se les sabates a l'estora –va afegir de mala manera–. M'ha deixat l'entrada plena de porqueria.

El xicot va dissimular un somriure abans d'eixir al carrer. Per molt antipàtica que fóra, l'havia engalipada com a una criatura. Ningú es resistia al poder de Raül, l'actor de les mil cares. Per això li havia demanat ajuda al bajoca del seu germà.

Manel l'esperava rosegant-se les ungles i llançant mirades impacients a l'edifici on s'havia introduït Raül.

–Com ha anat?

Raül va brandar victoriós la cartolina davant del nas de Manel. Aquest li la va voler arrabassar, però Raül va ser més veloç i li ho va impedir.

–No te la donaré fins que no em digues el teu secret. M'ho has promés –va dir fent un salt enrere.

Manel no havia tingut més remei que acudir a Raül, perquè a ell la portera ja el tenia massa vist. Raül s'hi havia negat al principi i l'intent de subornar-lo amb diners havia fracassat (al capdavall coneixia el problemes financers del seu germà). Solament la promesa de revelar-li un secret l'havia fet canviar d'opinió.

–D'acord, et confesse que no tinc cap nóvia universitària –va sospirar Manel.

–Com? –s'escandalitzà Raül–. M'has enganyat?

–Sí, et vaig mentir perquè volia que em deixares tranquil.

–Ha! Quin pollós! Ja m'estranyava que tingueres una nóvia tan bonica!

–Ara ja pots córrer a dir-ho a tot el món, no m'importa que l'institut sencer ho sàpia –va instar-lo Manel–. Però, abans, dóna'm la cartolina. He de visitar l'administrador.

Raül va obeir a desgrat i Manel va llegir l'adreça de l'administrador. «Bé, l'avinguda d'Aragó no està lluny de ma casa, em ve de camí, puc anar-hi en bus», va pensar. Així que va pujar a l'autobús i parà al Mestalla. Després, va caminar en sentit contrari fins a arribar a un edifici molt nou i alt, quasi a tocar de l'Albereda. Llavors va sonar el mòbil.

–Hola, sóc Karina López –va sentir–. Tinc una telefonada teua. Qui ets?

Karina López! Una altra KLP! Devia ser una de les que va telefonar l'altre dia i no va despenjar.

–Estem fent una enquesta per a comprovar els hàbits de lectura de la població –va improvisar Manel–. Tinc entés que vosté ha treballat a la llibreria LLIBER-OCI...

–Al LLIBER-OCI no, però he treballat en el Mercat Central i...

Manel ja no va voler escoltar res més, aquella xica tampoc era la KLP que buscaven, així que va penjar. L'edifici tenia la façana plena de plaques, com un àlbum gegant, on s'anunciaven metges, arquitectes, psicòlegs, advocats... Un dels rètols indicava que Miquel de Lluesma tenia el seu despatx a la porta cinc del tercer pis, però no explicava la professió, ni l'horari d'oficina ni el telèfon. Manel va prémer el timbre i va esperar impacient.

–Qui és? –va preguntar una veu ronca i desagradable.

–Em diuen Manel i sóc del BAF. Vull parlar-li d'una clienta seua, és una qüestió important. Em deixa passar?

Silenci a l'altra banda.

–Quina clienta? –va voler saber aquella veu.

–Una anciana que viu al carrer de Salamanca.

–Perdone, però no puc dir-li res de la senyora Solà. Ho lamente.

No calia que diguera res més: Manel ja en tenia prou. Havia descobert que la senyora Llum era, en realitat, Amor Solà. Missió acomplida.

21
AMOR SOLÀ

Per primera vegada en dos anys, Joaquim s'alçà del llit quan va sonar el despertador. S'havia acostumat a deixar-lo sonar mentre s'arraulia peresós entre els llençols, però aquell era un dia especial. Va obrir l'armari i va triar una camisa de quadres que encara tenia l'etiqueta penjada, i els pantalons que li havia regalat la seua filla per Nadal. Després, va anar al bany, s'afaità amb la navalla i va ruixar-se amb la colònia del gendre. Quan es va plantar a la cuina, Lledó preparava café.

–On vas tan matí, pare? –s'estranyà.

–Tinc faena fora de casa, filla meua.

–I per això t'has posat tan guapo? –va riure Lledó–. Guaita, pareixes un jovencell!

–Fes el favor de servir-me una tassa de café.

–I la hipertensió? –s'escandalitzà–. Millor et prepare una infusió.

–Deixa't estar d'infusions, avui necessite espavilar-me, vull café. I, a més, l'acompanyaré amb dues torrades, mantega i molta confitura.

–Pe... però...

–Sí, senyor!

Amb la panxa plena i l'agradable sensació d'estar ocupat, va eixir de casa xiulant. Portava una carpeta gastada sota el braç i dos bolígrafs a la butxaca de la camisa. Havia pensat d'anar primer a la biblioteca del centre social del barri.

Tret d'un parell d'ancians que llegien el periòdic i de la bibliotecària que s'avorria al taulell, no hi havia ningú més. La senyoreta bibliotecària va escoltar atentament la petició de Joaquim i a continuació es posà a buscar en la pantalla de l'ordinador sense deixar de teclejar.

–Ho sent, no tinc res d'Amor Solà –va dir finalment.

Joaquim no es va sorprendre, els llibres que reposaven sobre les lleixes eren massa nous per a albergar obres de principis del segle passat, ni que foren reedicions. Per això va decidir provar sort en altres llocs amb més solera.

A la biblioteca de la Universitat, però, tampoc va trobar cap referència de l'autora. I això que hi havia llibres ben i ben antics, com ara exemplars del segle XVIII que ell observà tremolós d'emoció.

–Per què no visita la Biblioteca Valenciana del monestir de Sant Miquel dels Reis? –va proposar-li un dels treballadors de la universitat.

I allà que se n'anà Joaquim. Sabia que el monestir de Sant Miquel era una obra imponent, amb una història arquitectònica complicada: d'alqueria islàmica havia passat a ser monestir (primer cistercenc i després jerònim) i finalment centre penitenciari. I que feia pocs anys l'administració havia rehabilitat l'edifici i l'havia convertit en un important fons bibliogràfic. I a pesar de tenir aquelles referències, va quedà impressionat per la magnitud del complex.

Per a poder consultar el catàleg de la biblioteca va haver de tramitar un passe temporal. Mentre omplia la sol·licitud, se sentia cohibit i apocat. Qui li havia de dir a ell, Joaquim Peris, que ni tan sols havia anat al col·legi, que trepitjaria un lloc tan prestigiós com aquell? Allí teníem el xiquet que havia aprés a llegir preguntant a uns i altres, després de pasturar ovelles o recollir llenya de sol a sol. «Joaquimet, la vida pega moltes voltes», va dir-se.

Malgrat l'amabilitat del personal de la biblioteca i els mitjans immillorables de què disposaven (bases de dades, llistats i guies, escàners i fotocopiadores), va ser incapaç de trobar cap llibre d'Amor Solà. Tanmateix, abans de donar-se per vençut, va voler visitar l'hemeroteca. Tenia un pressentiment. Molts autors de totes les èpoques comencen a publicar gràcies a concursos literaris i la premsa se'n fa ressò. Va ser una bona idea! A les 12:30 del migdia va localitzar una notícia molt interessant (si més no per al seu propòsit):

Diari de València. 24 d'abril de 1927:

> La jove Amor Solà ha guanyat el 5é Premi de Poesia Dolces Lletres Valencianes. El jurat estava format per l'editor J. L. R. de La Carrasquera, el diputat S. S. F. i l'escriptor i poeta alacantí T. R. L. El guardó se li ha lliurat en un acte públic als Vivers en presència d'importants personalitats del món

de la literatura valenciana, que han elogiat Amor Solà, i de l'il·lustre alcalde de la nostra ciutat. La jove, acompanyada de son pare, ha pronunciat unes paraules d'agraïment. L'obra guanyadora serà publicada pròximament a La Carrasquera.

Amb una còpia de la notícia entre mans i la moral molt elevada, Joaquim va pujar a un taxi i va demanar que el portaren al carrer de la Mar. Isidre Bataller el va rebre amb una abraçada i el convidà a prendre un vinet al celler del veïnat.

–Quina alegria, amic meu! L'altre dia em va visitar la teua néta, és una jove molt espavilada, com tu –va comentar Isidre–. I pel que veig ha heretat el teu amor a les lletres...

–Tant de bo fóra així! Crec que aquest sobtat interés pels llibres li l'ha despertat un treball escolar.

–Ai, quina joventut! –es queixà el llibreter–. I tu, per què has tardat tant a visitar-me, desagraït?

–Tenia altres coses a fer... Bé, la veritat és que no tenia res a fer, ni ganes tampoc. Ara estic ajudant Núria.

–Quimet, Quimet! Una persona com tu no pot estar sense fer res, necessites acció o et marciràs com una rosella fora del camp. Brindem pel futur! –va exclamar Isidre alçant el got.

–No m'interessa el futur.

–Doncs pel present! Per nosaltres dos!

Brindaren i tornaren a omplir els gots unes quantes vegades més, mentre picaven unes olives adobades que els havien servit.

–Busque un llibre de poesies d'Amor Solà, editat al voltant de 1927–va dir Joaquim, que començava a veure que tot li rodava.

–Doncs tornem a la llibreria, amic meu. A La Ploma d'Ànec tinc vertaderes filigranes, bé que ho saps.

La sort estava de part de Joaquim: en un racó d'una prestatgeria, camuflat entre gruixuts compendis de poetes valencians, van trobar un vell llibret de tapes de cartó on podia llegir-se *El retaule del bosc meravellós*, d'Amor Solà.

–Me'l va portar un col·leccionista fa alguns anys –va recordar Isidre Bataller–. Em va agradar i li'l vaig canviar per dues obres descatalogades d'un gran dramaturg que no recorda ningú. La gent oblida tan fàcilment...!

El llibreter va negar-se a posar preu al llibret, així que li'l va regalar a Joaquim i aquest va eixir cap a casa a les 14:45 de la vesprada, més content que un gínjol (tant pels efectes del vi com pel regal).

Lledó l'esperava molt nerviosa i l'inflà a preguntes. On havia estat i amb qui, per què havia tardat tant... Després va flairar-li l'alé i va arrupir les celles del disgust. Feia olor d'alcohol! Com a castic, volia deixar-lo sense dinar, però Joaquim se sentia ple d'una energia renovada.

–Dinaré, és clar que sí! –va afirmar–. No sóc cap xiquet, sóc ton pare. Tracta'm amb respecte i escudella'm l'arròs, o ho faré jo, que encara tinc dues mans.

La filla va callar avergonyida i va servir-li el dinar abans d'eixir corrents a treballar. Joaquim va gaudir de l'àpat en la quietud de la casa. Estava sol, però aquell dia no se sentia sol, sinó lliure. Sí, tenia llibertat per a fer el que volguera i ara li abellia anar a l'institut a buscar la seua néta. Però millor faria una becadeta abans i així agafaria forces.

Joaquim s'acostava a l'institut amb aire decidit. Un eixam de xics i xiques entraven i eixien fent molt de soroll. Quan les nétes eren menudes havia anat a esperar-les alguna vegada al col·legi i ja notava aquella sensació d'enveja. Sí, Joaquim envejava els escolars perquè ell havia perdut la seua infància i no podria recuperar-la. Eren conscients, aquells joves, de la sort que tenien? Joaquim sempre s'havia sentit ignorant i s'avergonyia de ser-ho.

Va estar una bona estona a les portes de l'edifici abans de veure eixir Núria. Aquell aspecte extravagant la delatava. Però, caram, estava bé ser diferent! Venia acompanyada d'un xic alt i ample d'espatles que parlava i gesticulava frenètic.

–Què fas ací, iaio? –va preguntar incrèdula.

–Volia contar-te algunes coses importants.

–Bé! Aquest és Manel, un amic meu. Pots parlar lliurement, ell sap de què va tot açò.

Joaquim va convidar-los a un refresc i van seure en un bar ple de joves riallers. Alguns jugaven al ping-pong i als futbolins, d'altres preferien consoles electròniques. Núria no s'aguantava la impaciència i l'home li va allargar la fotocòpia de l'article i el llibre.

La xica va llegir primer l'article del periòdic, a mesura que avançava en la lectura anava obrint els ulls més i més. Després, va quedar-se absorta en la coberta del llibret. *El retaule del Bosc Meravellós*, d'Amor Solà, va mormolar.

–Veges si té cap dedicatòria –va demanar Manel.

–A Erato –va llegir.

–De la senyora Llum, per descomptat –va proclamar Manel.

–Sí, això està clar; com també ho està que ella és Romà Alòs.

–Per què? No tens cap prova.

–Ja t'he explicat que ROMÀ és AMOR a l'inrevés i...

–Pot ser una coincidència!

–No hi ha coincidències, Manel. La vella va escriure el llibre que ha deixat enganxat Manel.

–La vella va escriure un recull de poesies fa un segle i va guanyar un concurs, això és tot el que tenim.

Joaquim havia escoltat atentament aquella conversa i no havia entès ni pruna. De què parlaven els xicots? I el treball escolar? Núria l'havia enganyat! El Joaquim d'abans hauria callat, s'hauria engolit el disgust; però el Joaquim d'ara no estava disposat a deixar-ho córrer.

–Voleu deixar de barallar-vos!? –va exclamar l'ancià–. Núria, m'has de dir la veritat. No em valen més excuses ni mentides. Per què m'has fet buscar informació sobre Amor Solà?

Aleshores, Núria va sincerar-se amb l'avi. Li va contar, fil per randa, des del principi fins al final, la vertadera raó del seu interès per Esparta i per Amor Solà. L'ancià l'escoltava amb perplexitat, no havia sentit mai parlar de res paregut. Una història d'espartans i amazones, un autor misteriós, una venedora malvada i un xicot enganxat a un llibre. Tot allò amanit amb ingredients tan extravagants com mòmies escriptores, rellotges que hipnotitzaven, espelmes enceses i muses vivents. Tot plegat li resultava tan impactant que no podia deixar de pensar-hi, ni tan sols quan se n'anaren a casa i ell es va ficar al llit sense sopar.

22
L'HEROI QUE VA MORIR

A l'hora del pati, Núria va posar en marxa el mòbil i va comprovar que tenia tres telefonades perdudes: a les 8:45, 9:00 i 9:15. Les tres eren de casa, però va tocar i ningú li va contestar. Era realment estrany i va començar a posar-se nerviosa. Aleshores Agnés, una xica de la seua classe, va venir corrents a buscar-la:

–Ei, Núria, passa't per consergeria, que et reclamen!

Si la punxen, no li trauen sang. Allò no presagiava res de bo, mai no l'havien reclamada a consergeria. Es devia haver posat malalt algú de la família, o potser es tractava d'Aleix? Va córrer cap a les dependències del conserge amb el cor en un puny.

–Núria! He estat intentant posar-me en contacte amb tu!

Era el iaio, que l'esperava molt agitat.

–Es tracta del... teu amic Aleix... –va començar a parlar, quequejant per l'emoció.

Núria el va fer callar amb un gest i se'l va emportar fora.

–Ho he recordat aquesta matinada, després de passar-me la nit en vetla –va explicar l'ancià–. Quan em vas contar que el teu amic està enganxat a un llibre que tracta d'espartans i amazones, se m'encengué una alarma al cervell. Eixa mateixa novel·la la vaig llegir jo quan era jove! A la caserna on feia la *mili*...

–Per què no m'ho has dit abans!?

–Perquè quan he anat a buscar-te a la teua cambra, ja no estaves.

Manel estava torrat de son, aquella nit s'havia quedat estudiant fins ben tard. Invocant Regina era capaç d'allò i de molt més. Però ara estava fet pols. Si no fóra perquè Raimon el vigilava, hauria fet una dormida sobre el taulell de la biblioteca.

–Manel! Vine amb mi! –va sentir que cridava Núria quan ja estava a punt de tancar els ulls–. El meu iaio ha descobert una cosa molt important.

Manel va eixir a l'exterior corrents darrere de Núria. Raimon els perseguia bramant i fent manotades. Els estudiants s'havien posat dempeus i reien a crits. Alguns apostaven sobre qui guanyaria la cursa, si la parella de sorollosos o el bibliotecari geniüt. L'emoció impregnava l'ambient.

–On anem? –va voler saber Manel.

–A casa d'Aleix, a contar-li el final de la història.

–Ei, vosaltres dos, doneu la cara! –cridava Raimon sense alé.

Finalment, Raimon s'aturà i va deixar que aquells desvergonyits s'allunyaren cap a l'eixida de l'institut. Després va tornar a la biblioteca, on els estudiants el reberen amb forts aplaudiments.

–Però, i les classes del matí? –va voler saber Manel.

–A la porra! –va contestar Núria–. L'avi ens cobrirà.

Manel ja es veia fent la bugada de casa i sense paga durant la resta de la seua vida. En fi, quin remei! Si amb això podia salvar el seu amic, ho suportaria gustosament. Joaquim els esperava i feren via cap a casa d'Aleix tan de pressa com ho permetien les cames de l'ancià.

Regina va obrir-los la porta i els deixà entrar molt sorpresa.

–Què feu ací? –va preguntar–. No hauríeu d'estar a l'institut?

Les galtes de Manel s'inflamaren com una criatura agafada en falta. Què en pensaria Regina? Segurament que era un nen irresponsable i malfaener. Ai, mare, quina imatge més deplorable!

–Hi tornarem de seguida –es va excusar–. Quan... aclarim una qüestió.

Núria i Joaquim passaren a l'interior de l'habitatge sense saludar tan sols. Buscaren Aleix i el trobaren al llit, recolzat sobre el coixí, amb els ulls vidriosos i les galtes enceses.

–Té febre, avui no es troba bé, ha tossit un parell de vegades –els explicà Regina–. Son pare m'ha ordenat que no l'alçara del llit.

–Hola, Aleix, amor meu –va dir Núria–. El meu iaio t'avançarà el final de la història que estàs llegint. Escolta'l amb atenció. És un final molt emocionant! Així no et caldrà continuar llegint el llibre que t'enganxa. D'acord? Doncs va, iaio, parla!

Joaquim no estava tan convençut que allò funcionara com la seua néta pretenia, però va parlar amb una veu tan clara i forta que Manel es va sobresaltar.

«Heriontes i Narobe, la seua estimada amazona, moren després d'una cruel guerra contra la fetillera Narobai. Però, abans de morir, aconsegueixen posar els seus fillets, Teseu i Minea, en una petita nau de joncs, dins de la qual col·loquen també diverses ofrenes als déus. Per sort els menuts se salven i miraculosament arriben a Esparta, on són acceptats i criats pels pares d'Heriontes.»

Quan Joaquim va callar, regnava un silenci absolut en la cambra. Tots miraven Aleix amb expectació, però el xicot continuava tan absort en la lectura com abans.

–Merda! Açò no ha servit de res –va sospirar Núria–. I no ho entenc, perquè si a mi em conten el final d'una pel·lícula, ni em moleste a veure-la.

–Però Aleix no està mirant una pel·lícula! –va dir Joaquim–. Està llegint i es llegeix per plaer, no per conéixer el final de la història.

–Quin plaer ni quines punyetes? –es tornà a queixar Núria–. A Aleix mai no li ha agradat llegir!

Joaquim va acotar el cap molt disgustat, percebia la decepció de Núria i la sentia com a pròpia.

–Caram, quina memòria té vosté! –va provar Manel d'animar-lo–. Després de tants anys encara recorda el final del llibre.

–És una història realment preciosa –va concloure Regina.

–A mi també em va enganxar eixa obra des de la primera pàgina, concretament des de la mateixa dedicatòria –va confessar Joaquim–. Però jo no em vaig passar dues setmanes en estat catalèptic. Aquesta situació és del tot incomprensible, lluitem contra una força extraordinària!

Núria s'havia alçat i passejava per la cambra amb els punys premuts. Finalment, s'encarà amb Regina:

–Siga com siga, sols ens queda una cosa per fer: obligar la senyora Llum que allibere Aleix.

–Parles d'ella com si fóra una bruixa, i en realitat és una persona vella i delicada –va replicar ella–. Resulta ridícul pensar que ella siga la responsable de cap desgràcia.

–Doncs ho és! No sé com, però ella va enganxar Aleix.

Manel va intentar posar pau en la baralla:

–Regina, és natural que et preocupes per eixa dona, però has d'entendre que nosaltres vetlem pel nostre amic –va dir–. I tu, Núria, no pots fer acusacions tan greus sense proves.

Les xiques romanien plantades a poca distància, com dues lleones defensant el seu territori. Al bell mig, hi havia Manel, que no era sinó un pobre lleó sense melena.

–És una acusació molt greu, ho sé –va admetre Núria–. Però el cor em diu que tinc raó.

–Bé, doncs dilluns visitarem la senyora Llum –va cedir la del BAF –. Però jo estaré present en la conversa i us controlaré en tot moment.

Després de rumiar-s'ho una estona, Núria hi va accedir de mala gana. Si per ella fóra, hauria irromput en l'habitatge de la senyora Llum ara mateix, i l'hauria interrogada sense miraments. Però, en canvi, va deixar-se caure en una cadira al costat d'Aleix. Se sentia com un globus desinflat.

–Havia sentit parlar de llibres que portaven desgràcies a qui els llegien i també de llibres que provocaven la bona sort –va dir Joaquim–. Fins i tot em van contar que hi havia un llibre amb els fulls en blanc que solament podien ser llegits per persones realment intel·ligents. Però jo estava convençut que eren llegendes, ara no n'estic tan segur...

–Jo no estic segura de res, iaio –va contestar Núria, començant a sanglotar.

Regina i Manel van retirar-se per deixar-los una mica d'intimitat. Anaren a la cuina i ella va preparar la cafetera. De seguida, l'aire es va impregnar de l'agradable aroma del café i Regina va servir-ne dues tassetes.

–Admire el valor de Núria i també la seua perseverança –va afirmar Regina–. A pesar del seu mal geni, reconec que està molt enamorada d'Aleix.

–Fins a l'altre dia, jo la culpava d'haver-me separat del meu millor amic. Ara veig que el meu comportament era infantil, estava equivocat. M'alegre que Aleix haja trobat una xica que el vulga tant i, sobretot, espere que aquesta situació acabe aviat.

–Esperem que siga un final feliç, no com el d'Heriontes i l'amazona.

Manel va fer que sí amb el cap, procurant foragitar els mals auguris.

–Una cullerada de sucre o dues? –va preguntar Regina.

–Dues, m'agrada ben dolç.

–I a mi –va admetre ella–. Veus? Ja tenim una cosa en comú.

«Estic segur que en tenim moltes més», va pensar Manel. Algun dia s'atreviria a confessar-li els seus sentiments, algun dia li diria que ell estava tan enamorat com Núria...

23
UNA MUSA AL LLIBER-OCI

«En la mitologia grega, Erato (l'amable o l'amorosa) és la musa de la poesia. El seu nom té la mateixa arrel que Eros, el déu grec de l'amor. Se la representa coronada amb murta i roses, portant una petita lira o cítara entre les mans.»

Sir Edward John Poynter l'havia pintada amb un posat reflexiu, la mà sobre la galta dreta, deixant en l'aire un dels muscles molsuts, la mirada perduda en mil reflexions, els cabells foscos i la pell rosada. «És preciosa!», va pensar Manel, contemplant en la pantalla del PC la pintura de l'artista. Es preguntava si no devia estar obsessionat amb les muses, com la senyora Llum, perquè no feia més que repetir el nom d'aquelles nou criatures. Mentre mormolava la lletania, tenia la sensació que alguna qüestió important li passava per alt. Però, quina?

De sobte, va agafar el telèfon i va tocar a Núria.

–Escolta, Núria, el teu iaio va dir que el llibre que va llegir al quarter el va enganxar des de la mateixa dedicatòria –va preguntar-li–. A qui anava dedicat?

–Ara mateix li ho pregunte, espera't un moment.

Manel va sentir que la xica parlava en veu baixa amb algú. Quan va finalitzar la conversa, la seua veu s'acostà novament:

–La dedicatòria era: A Cal·líope, la de paraules irresistibles –va anunciar.

–Doncs mira, ara ja estic tan segur com tu que Amor Solà és Romà Alòs. Pocs escriptors deuen tenir eixa dèria amb les muses.

–Ho veus, tros de bajoca? Ara em dónes la raó i no quan tocava!

–Sí, però també crec que ella no és culpable –s'explicà Manel–. Admet que està torrada i que em fa por, però no té ni les forces ni la intel·ligència necessàries. Hem de trobar la venedora, ella és la responsable del mal d'Aleix.

–Així que tornem al principi!

Havent acabat la conversa, Manel continuava pegant-li voltes a l'assumpte. Cal·líope era la musa de l'èpica. Manel va teclejar i va aparéixer una imatge a la pantalla del PC. Era el tors d'una dona que es recolzava graciosament sobre una cadira. Tenia els ulls grans i foscos, el nas generós i la boca entreoberta en un somriure trist. Els cabells castanys i arrissats li queien sobre la nuesa dels muscles.

«Cal·líope (*Καλλιόπη*, 'la de la bella veu'), va ser la major i la més important de les nou muses –va llegir–. Portava una corona daurada per simbolitzar aquesta supremacia. Esposa del déu Apol·lo, s'encarregava d'assistir els reis. Va ensenyar cant a Aquil·les, l'heroi de la Guerra de Troia.»

«Eureka!», va exclamar Manel i s'alçà d'un bot. CAL·LÍOPE O KAL·LÍOPE (amb la K grega)... Ací teníem l'enigmàtica venedora. KLP no eren les inicials del seu nom, sinó un anagrama de KAL·LÍOPE.

Va telefonar novament a Núria i aquesta vegada li va amollar tota l'explicació sense fer cap pausa ni per a respirar.

–No t'entenc, Manel! –es va queixar Núria.

–Serà millor que t'ho explique en persona. Podem quedar demà dissabte?

–D'acord, a les cinc al bar de sempre. Sigues puntual perquè després vull passar a veure Aleix.

L'endemà, mentre s'arreglava, Núria escoltava la veu llastimosa d'Angèlica Ji: «Digues-li adéu al teu amor...». Núria es posà un llarg suèter de llana negra i unes mitges foradades. Un roser de diminutes perles li envoltava el coll. Després, va perfilar-se els ulls i es pintà els llavis d'un morat lluent. A la llàgrima de la galta dreta va afegir-ne una altra sota l'ull esquerre com a mostra del seu estat d'ànim.

Al menjador, Jacint i Joaquim miraven un programa de la televisió asseguts al sofà. Quan ella va entrar a acomiadar-se'n, son pare va fer un esforç sobrehumà per no tapar-se els ulls.

–On vas tan prompte, filla meua? –va preguntar-li.

–He quedat amb un amic.

–Has quedat amb Aleix? Està millor?

–No, he quedat amb Manel –va sospirar Núria–. I Aleix no està millor, sinó tot el contrari. Ara, a més, s'ha refredat i té febre.

–Ho sent, Núria. Per això t'has pintat l'altra llàgrima?

–Sí, justament –va assentir sospirant–. Estic deprimida, papà.

L'avi no deia res, tenia la mirada abstreta, com si haguera perdut l'entusiasme dels dies anteriors.

–Iaio, véns amb mi? –li oferí.

–No vull molestar...

–Què dius, iaio! –exclamà Núria–. Tu no molestes, tot el contrari. Necessitem la teua ajuda més que mai.

Núria i Joaquim van arribar al bar on havia quedat amb Manel. Hi havia poca gent i de seguida van localitzar el xicot. Però no estava sol, sinó que Regina l'acompanyava. A Núria quasi li va agafar un atac d'histèria!

–Quina sorpresa! –va fer Núria–. No sabia que Regina estaria present.

–Tu també m'has sorprés! T'esperava sola –va contestar Manel–. Però m'alegre que haja vingut el teu avi, així ja estem tots. Vull contar-vos una nova sorprenent; ara bé, si us burleu de mi, us enviaré a pastar fang. Quedeu avisats.

Aleshores Manel es tragué un full doblegat de la butxaca dels pantalons i va estendre'l sobre la taula.

–Us presente KLP, la dependenta del LLIBER-OCI que li va vendre el llibre al senyor Tardagost. La responsable de la desgràcia d'Aleix.

Tothom va abocar-se al paper per observar la imatge impresa des de l'ordinador.

–És Cal·líope, la musa de l'èpica, la de la veu bonica –continuà Manel.

–Vols dir que una musa va baixar de l'Olimp, es va colar al LLIBER-OCI i va oferir un llibre al pare d'Aleix!? –va preguntar Núria, aguantant-se l'enuig–. Això és ridícul!

–Deixa'l que s'explique, Núria –va intervenir Joaquim.

–Ja sé que costa de creure... Però són massa coincidències. El senyor Tardagost ens va parlar d'una dona jove, de cos harmoniós i veu preciosa. Una xica de cabells llargs i ulls foscos. De somriure dolç i mirada esllanguida...

–Ei, atura't! Això últim t'ho has inventat tu –es va queixar Núria.

–Recorda la xica que vas veure a la càmera de seguretat del LLIBER-OCI: s'adiu o no amb aquesta del paper? Estic segur que sí! I Àngel et va dir que una dona com aquella no li passaria desapercebuda. Doncs bé, on està ella? Si fóra una venedora comuna, no s'hauria esfumat. Però no era una venedora comuna, no, era la nostra Cal·líope!

Tots van callar, l'avi Joaquim s'havia posat unes ulleres de vidres gruixuts i examinava amb atenció aquella imatge.

–No voldria desil·lusionar-te, però açò no és més que una pintura –va dir l'avi–. Vés a saber en qui es va inspirar l'artista! No podem saber amb certesa com són les muses en realitat.

–En realitat!? Heu perdut el trellat? Les muses no existeixen en la realitat! –va replicar Núria–. Estic farta que no vulgueu reconéixer-ho: la venedora és Regina!

–T'equivoques –es defensà Regina–. El senyor Tardagost va dir clarament que jo no era la venedora que l'havia atés. Quantes proves més necessites de la meua innocència?

–Calmeu-vos, així no ajudarem Aleix –va dir Joaquim–. Voleu saber la meua opinió? Jo sí que crec en la inspiració, igual que la senyora Llum. Digueu-li estat de gràcia, il·luminació o visita de les muses, com vulgueu. Sense la inspiració, els artistes no crearien tantes meravelles. Però la veritat és que veig poc probable que les muses es dediquen a vendre llibres al LLIBER-OCI.

Manel estava disposat a demostrar que no s'havia tornat boig. Lluitaria fins al final, com els espartans a la batalla de les Termòpiles. «Si voleu les armes, veniu a buscar-les», va dir el rei Leònides. I gràcies al seu valor, l'exèrcit espartà havia resistit tres dies als perses, molt superiors en nombre.

–Continue assegurant que Cal·líope es va escolar al LLIBER-OCI el dia de la inauguració, es va fer passar per venedora, va atendre el senyor Tardagost i li va vendre una obra d'Amor Solà, és a dir, de la senyora Llum –va afirmar–. Aleshores la musa va llançar una espècie de sortilegi o amenaça: «Aquest llibre enganxarà el seu fill», va declarar. I així va ser, per desgràcia, Aleix hi està totalment enganxat.

–I per què ho va fer? –preguntà Regina molt interessada.

–Potser la senyora Llum té raó i les muses estan emprenyades amb ella. Cal·líope, la major de les muses i també la més important, va voler castigar-la en nom de totes elles.

–Castigar-la? Et recorde que qui ha quedat enganxat al llibre és Aleix, no la senyora Llum –va intervenir Núria–. Han castigat Aleix!

–La senyora Llum em va comentar una vegada que el tresor més preat d'un escriptor són els seus lectors –va afirmar Regina–. Un castic al lector suposaria inevitablement un castic a l'autora.

Núria no sabia si riure o plorar. Però, què s'havien cregut aquells llunàtics? Era una història ridícula! Estaven perdent un temps preciós i ella no suportava més foteses, així que s'alçà d'una revolada i el got de tònica va caure sobre la taula. Manel va apartar ràpidament el paper perquè no es mullara.

–Ei! Què fas? –es queixà–. Vés amb compte, que açò és una prova inculpatòria!

–Sortilegis, muses i malediccions! –va bramar Núria–. Us falta un fantasma amb el cap sota el braç!

Aleshores se n'anà cap a l'eixida del bar i Joaquim la va seguir a grans gambades. Abans d'eixir del bar, però, l'home encara va pagar les consumicions. Manel va respirar alleujat.

–Núria, escolta'm! –va cridar-la Joaquim–. Si volem ajudar el teu amic Aleix, haurem de deixar de banda la lògica i obrir-nos a qualsevol possibilitat. Al capdavall tan increïble és que una anciana invàlida haja enganxat Aleix a un llibre, com que ho haja fet una musa. No ho veus?

Núria va sospirar resignada, l'avi tenia raó: res no tenia sentit i havien d'acceptar qualsevol hipòtesi, per desgavellada que semblara. De moment, aniria a veure a Aleix i passaria tota la vesprada amb ell, però encara no li diria adéu. Abans escalaria l'Olimp per a trobar la musa perduda, si calguera.

III
EL RESCAT

24
OBRES INÈDITES

Dilluns al matí, Aleix bullia de febre i tenia el pijama amerat de suor. A més, havia tancat la boca i no volia prendre res. El senyor Tardagost estava desesperat, havia cridat el metge i encara no havia arribat. En canvi, Regina va presentar-se tan puntual com sempre.

–Prepararé un got d'aigua amb sucre i llima –va dir la xica.

Després, va seure al costat d'Aleix, li arreglà el coixí, li va fer un bes a la galta dreta i li esbullà els cabells.

–Va, sigues bo. Has de beure –va dir-li a cau d'orella–. Ja sé que el llibre que llegeixes és molt interessant, però necessites agafar forces o no arribaràs mai al final.

Aleix va entreobrir els llavis, va acceptar la palleta i lentament va beure's mig got d'aigua. Tenia la mirada vidriosa i l'alé li cremava, però ni en aquell estat deixava de llegir.

–Molt bé, ara et canviaré el pijama, et rentaré i et pentinaré. Vull que estigues guapo.

Quan va arribar el metge, Aleix tenia millor aspecte. L'home va atendre les explicacions del senyor Tardagost i va reconéixer el malalt. Li va examinar la boca, els ulls i les orelles amb una llanterna diminuta. Després, va escoltar els batecs del cor i l'agitada respiració. Finalment, li posà el termòmetre a l'aixella i va comprovar la temperatura.

–Es tracta d'un cas de grip –va concloure–. Li receptaré paracetamol i unes píndoles per a la gola. A més, és convenient que bega molta aigua.

–I... què em diu de... del llibre? –va quequejar el senyor Tardagost.

–Doncs que deu ser molt bo –va admetre el doctor mentre recollia les seues eines i les ficava al maletí–. Ja voldria que els meus fills llegiren com el seu!

–Però és que no deixa de llegir en cap moment! –es va queixar el pare d'Aleix–. No menja, no dorm ni parla des de fa dies. Pensava que vosté m'ajudaria...

El doctor va sospirar alhora que tancava el maletí.

–Han tingut alguna discussió darrerament? Tal volta el seu fill està emprenyat i per això no li parla. Els adolescents poden ser desesperants, li ho dic per pròpia experiència.

–Doctor, sóc Regina Bessó, estudiant d'infermeria i voluntària del BAF –va parlar Regina per fi–. Li assegure que aquest no és un cas de rebel·lia adolescent.

–Ara resulta que els estudiants pretenen saber més que els professionals! –va burlar-se'n el doctor–. Senyor Tardagost, li aconseguiré una cita amb el psicòleg de zona. M'imagine que li telefonaran des de l'hospital en un parell de setmanes. No falten a la cita i, mentrestant, mantinga la serenitat: no es baralle amb el seu fill, però tampoc deixe que ell faça allò que li done la gana.

Dit açò, el doctor es col·locà l'abric i se n'anà remugant que havia d'atendre altres pacients i que no suportava els pares histèrics ni els joves capriciosos. El senyor Tardagost es quedà mut de la sorpresa, no s'esperava aquella reacció tan poc caritativa.

–Vaja-se'n vosté també, o arribarà tard al treball –li va dir Regina–. Quan vinguen els amics d'Aleix, compraré les medicines. La grip no és una malaltia greu.

–A mi no em preocupa la grip, bé que ho saps –va contestar ell.

Regina va observar apesarada com l'home s'arreglava i eixia al carrer. Sempre prenia afecte a les persones que cuidava i també als familiars, però en aquell cas tenia raons especials per a sentir-se trista. A més, hi havia Manel: aquell xic era espavilat, simpàtic i amable. I quan reia, arrupia els ulls d'una forma realment graciosa. Sols tenia un defecte: a l'hora d'amollar diners, es posava massa nerviós. A banda d'allò, li agradava i estava ansiosa de tornar-lo a veure a la vesprada.

Núria i Manel l'esperaven impacients al carrer de Salamanca. Regina s'havia retardat perquè havia passat abans pel supermercat a comprar fruita a la senyora Llum. Núria no la va saludar, en canvi Manel va dedicar-li un somriure preciós que la va enlluernar. Regina els va contar l'incident del doctor i Núria va pujar els esglaons maleint els metges i la societat en general.

La senyora Llum va tardar deu minuts interminables a obrir-los la porta. Lluïa un espectacular batí sedós de color negre brillant, que li donava tot l'aspecte d'una estrella de Hollywood. Regina li va fer dues besades a les arrugades galtes.

–Bona vesprada, senyora Llum, venim a fer-li una visita –va dir.

L'anciana no va contestar, sinó que va fer mitja volta i va tornar a l'escriptori, on brillaven les espelmes, i va seure lentament. De seguida es va posar a escriure sobre un full encara en blanc mentre el rellotge marcava el temps.

–Els meus amics estan molt interessats en la seua faena, així que volen preguntar-li algunes coses –va continuar Regina–. Li pareix bé, senyora Llum?

La vella no va alçar el cap, però va fer un sospir de cansament.

–Senyora, sabem que vosté és Amor Solà i que l'any 1932 va escriure un llibre sota el pseudònim de Romà Alòs –va atacar Núria–. L'obra anava dedicada a Cal·líope i tractava d'un espartà que fuig de l'exèrcit.

El discurs no va impressionar la dona, que en cap moment va mirar la xica.

–Escolte, senyora Solà, li suplique que es pose en contacte amb les seues amiguetes màgiques, les muses de l'Olimp, i els diga que deixen en pau el meu amic Aleix –va seguir parlant Núria–. Ell no ha fet res de dolent, per què castigar-lo d'una forma tan cruel? Son pare està fet pols: primer va perdre la seua muller i ara té el fill enganxat a un llibre. Per favor, que l'alliberen, Aleix només té disset anys... Jo l'estime! M'ha sentit, mala bruixa? El vull amb tot el meu cor! No me'l poden arrabassar!

L'anciana no va reaccionar, devia tenir el cor de pedra.

–Què va fer vosté a les muses perquè s'emprenyaren? –va continuar Manel.

La senyora Llum va alçar per fi el cap i el va mirar espantada.

–Per què es van enfadar tant amb vosté? –va repetir Manel.

–Perquè em vaig oblidar d'elles –va contestar amb aquella veu cavernosa–. Em pensava que ja no les necessitava, que era més llesta que elles. No les invocava ni les ofrenava com havia fet sempre. Jo era jove, vanitosa i estúpida. Quan em vaig adonar de l'error, vaig tornar a escriure per a elles.

–Doncs amb això no n'hi ha prou, pel que es veu continuen emprenyades i, per a castigar-la, han utilitzat un dels seus lectors: el nostre amic –va explicar Manel–. Escolte, senyora Llum, vist que fins ara no ha obtingut cap resultat, per què no prova a desagreujar-les d'una altra manera que no siga escrivint? Potser elles esperen un gest diferent. Reflexione, per favor, com podrien les muses oblidar el greuge? Deu haver-hi alguna altra forma!

Un sobtat llampec de lucidesa va creuar els ulls vells i cansats de la dona. Però fou sols un moment, després la mirada s'apagà de nou i fou com si un núvol negre li enfosquira els iris.

–No em destorbeu més, he de continuar escrivint! –va exclamar finalment–. Tinc molta faena i el rellotge no s'atura. Sé que algun dia ELLES em perdonaran. Ho faran quan escriga la meua millor obra i els la dedique. Estic segura que això els agradarà!

I així va acabar la conversa. Per més que Núria va intentar comunicar-se amb l'anciana, per més que va suplicar entre sanglots i plors, va resultar inútil. La dona ja tornava a escriure de manera forassenyada, la seua mà artrítica pareixia tenir vida pròpia, com una aranya terrorífica. Amb l'esquena encorbada, el nas quasi li fregava el paper. «Tic-tac, tic-tac...», feia l'insistent rellotge.

–Deixeu-la, per favor –va demanar Regina tristament–. No pot ajudar-vos. Ja us ho havia advertit.

Manel i Núria van eixir de l'escriptori. Havien esgotat tots els recursos i s'havien quedat sense armes, sols podien retirar-se. Però Regina va aturar-los abans que eixiren de casa.

–Espereu! Vull mostrar-vos una cosa. Veniu amb mi.

Els va conduir fins al menjador, va obrir les portes inferiors de la vitrina i va assenyalar un pilot de fulls i quaderns desordenats.

–Ací teniu les obres que la senyora Llum va escriure durant els darrers anys de lucidesa. Cap editorial va voler publicar-les, no van guanyar cap concurs. Però a mi em sap greu tirar-les al poal del fem perquè són molt bones. Millors que altres que circulen pel mercat. És una llàstima que la gent no puga llegir-les.

–I per què ens ho mostres? –va preguntar Núria, desorientada.

–No ho sé, per si us resulta d'utilitat.

Aleshores Manel va agafar un quadern, va seure en una cadira folrada de vellut i va repassar els fulls esgrogueïts. Es tractava de la història de quatre amics que es retrobaven en el soterrar d'una professora i recordaven el temps en què havien sigut alumnes i n'havien estat enamorats.

Núria va imitar-lo sense ganes. Va recollir un pilot de fulls i va provar d'ordenar-los. Després, va llegir-los en veu baixa. Era un conte infantil. Amb princeses, bruixots i dracs.

–Ostres, tu, sí que és bona, la senyora Solà! –va exclamar al cap d'una estona Manel, emocionat.

–No està malament –va cedir Núria, totalment fascinada per la malvada bruixa Anatòlia, que vestia amb parracs negres i portava els cabells tenyits de color morat.

–Doncs si és tan bona, obligarem les muses a perdonar-la –va dir Regina–. Que la perdonen i alliberen Aleix!

La bombeta elèctrica del sostre es va apagar de sobte i Manel va notar que un calfred li recorria l'esquena. Algú els observava, n'estava segur. Les cortines de la finestra voleiaren sense que cap vent les moguera, com llargs dits fantasmals. Quan la llum va tornar a il·luminar-los, Núria i Regina s'adreçaren una mirada de complicitat: per fi s'entenien.

25
A TOTA MÀQUINA

Núria va arribar a casa carregada amb una enorme bossa grisa de plàstic. Al menjador, Joaquim feia l'encreuat d'una revista mentre escoltava un programa informatiu de la televisió. Al seu costat seien els pares, que parlaven de la reforma que volien efectuar pròximament al bany.

–Què et sembla, Núria? –li va demanar la mare–. Com t'agradarien els taulellets? Blancs amb margarides grogues o grisos amb una línia argentada?

–Totalment grisos. Les margarides i les línies em desconcertarien –va contestar Núria–. Iaio, véns amb mi? Vull mostrar-te una cosa.

–Què portes en eixa bossa? –va preguntar el pare–. Pareix que pesa molt.

–Porte la darrera esperança d'Aleix.

Els pares la miraren amb estranyesa, però no gosaren indagar més i la deixaren anar, seguida de Joaquim. Núria va descarregar el contingut de la bossa sobre la taula de la seua cambra. Un garbuix de fulls s'hi escampà amb gran estrèpit, alçant un núvol de pols que féu esternudar l'avi.

–Hem aconseguit extraure quinze obres completes de la vitrina d'Amor Solà, la resta era insalvable per la humitat, les arnes o simplement pel pas del temps. Ara cadascú se'n llegirà cinc i entre tots hem d'escollir-ne nou.

–Per què nou? –va dir l'avi alhora que es torcava el nas amb un mocador.

–Una per cada musa, és clar.

–I què fareu amb eixes nou obres?

–Encara no ho sé cert. Necessite una mica de temps per a pensar. M'ajudaràs?

–Mmm, estic refredat i em fa mal el cap...

–Va, iaio, no em vingues amb excuses! –va impacientar-se Núria–. Tu no em pots fallar, cal que m'ajudes!

–D'acord, dóna'm una obra i començaré a llegir-la ara mateix.

No solament va llegir aquell quadern, sinó que va fer el mateix amb dos més. Joaquim estava entusiasmat. Segons el seu parer, aquella era una literatura magnífica, de les que conviden a continuar i mai no t'empatxen. Tant era així que li agradaria conéixer l'autora per felicitar-la personalment.

Núria s'adonà que si havien de llegir totes les obres fil per randa, acabarien molt tard, llevat que fores un jubilat com el seu avi, amb un fum de temps lliure. Per això va avisar Manel i Regina, que es limitaren a fer-los una ullada ràpida, al capdavall totes les obres eren igual de bones. Es tractava únicament d'escollir-ne nou i ajuntar-se dijous per a decidir la tria.

Mentrestant, Aleix havia millorat de la grip: ja no tenia febre i menjava una mica més. Però continuava lligat al llibre i cada vegada estava més desficiós, com si l'argument estiguera en el punt més emocionant.

Dijous següent, Núria va convocar Regina i Manel a sa casa. Per descomptat, l'avi Joaquim presidia la reunió. Jacint els havia cedit el despatx i s'havien assegut al voltant de la moderna taula de metacrilat. La mare els havia portat una ampolla de llimonada, quatre gots i un plateret de fruita seca. Els reunits se sentien tan importants com els membres d'un jurat a l'hora d'atorgar els premis.

–Jo he triat la història dels quatre amics que es retroben al soterrar de la professora. És fantàstica! I també una obra de teatre molt divertida sobre una convenció mundial de gossos –va anunciar Manel, però no va dir que en realitat aquelles eren les úniques obres que s'havia llegit.

–Doncs a mi m'han agradat les cinc que he vist –va intervenir Regina–. Però si he de decidir-me per alguna, em quede amb la que tracta sobre les vivències d'una família de mariners de l'illa Tabarca durant la guerra civil. Eixa història m'ha commogut fins al moll dels ossos.

–Jo vote pel conte de la bruixa Anatòlia i aquest recull de poesies– va dir Núria.

–I jo per tres novel·les curtes i precioses: una és d'aventures, l'altra de terror victorià i la tercera és un relat fantàstic que deixa curt a Ende –va parlar l'avi.

En total n'havien triat vuit, per tant encara en faltava una. Van traure la resta de les obres i van posar-se a fullejar-les i comentar-les en veu alta. Finalment, van acordar que la novena seria una inquietant història de ciència-ficció que augurava la fi del món causada pels mamífers marins. Així que, enllestida la faena, van col·locar les nou obres escollides sobre la taula i van retirar les rebutjades.

–I ara què? –va preguntar Regina.

–Doncs ara hem d'aconseguir que la gent en tinga accés i les llegisca, tal com hem fet nosaltres –sentencià Núria.

–I aquest és el teu enginyós pla per a salvar Aleix? –va preguntar Manel, molt decebut–. Esperava alguna cosa més... impactant.

–Dedicarem un llibre a cada musa i com més gent les llegisca, més contentes es posaran eixes vanitoses filles de Zeus –va continuar Núria.

–És a dir, per fi admets clarament que elles són les responsables de la situació d'Aleix –va dir Manel.

–Jo ho admet tot si al final aconseguisc alliberar Aleix.

–Ben dit! –va animar-la el iaio–. Però com ho farem perquè la gent conega aquestes obres?

Manel no en tenia ni idea.

–Podríem situar les obres en una biblioteca... –va suggerir Regina.

–Sí, això mateix, la de l'institut! –s'entusiasmà Manel de colp i volta–. Aprofitarem l'augment d'afluència de públic a la nostra biblioteca. Jo convenceré Raimon perquè ens les hi deixe col·locar.

–Propose que editem les obres abans d'oferir-les al públic –va parlar Joaquim–. Amb aquest aspecte tan pobre, atrauran pocs lectors. En canvi, ben presentades seran irresistibles.

–Bona idea, iaio!

Però allò suposava una faena colossal: les obres estaven manuscrites i haurien de passar-les a l'ordinador.

–Nosaltres cinc mai no acabarem, repartiré els fulls entre els voluntaris del BAF i que també es posen a la faena –va anunciar Regina.

–Jo provaré de convéncer la meua germana Laia perquè hi col·labore –va dir Núria–. Ha fet un curs de mecanografia i és molt ràpida en el teclat.

–Però, i després? –va reflexionar Manel–. No necessitarem una impremta?

–D'això m'encarregue jo –va dir l'avi–. El meu amic Isidre Bataller té una reprografia, on imprimeix facsímils. A més, de jove, jo vaig estar cinc mesos d'aprenent en una editorial i conec l'ofici.

–Iaio, hi ha cap ofici que no hages practicat? –es va admirar Núria.

–Alguns, però pocs.

Van eixir entusiasmats, però després vingueren els problemes. En primer lloc, malgrat les súpliques i amenaces, Raimon va negar-se a fer un lloc per als llibres d'Amor Solà si no obtenien el permís dels professors. Per la qual cosa Núria hagué de parlar amb Augusta i va demanar-li permís per a ampliar el material de la biblioteca, argumentant que allò formava part del seu treball de llengua. Augusta va trobar que era una idea estranya, però finalment va reunir el personal directiu i va obtenir l'aquiescència.

Després s'adonaren que havien de fer hores extres per a poder transcriure a l'ordinador les nou obres.

A pesar de la quantitat de gent implicada, hagueren de passar-se el cap de setmana tancats en casa teclejant l'ordinador. Laia seia colze a colze amb Núria, contenta de poder exercir per fi de germana major. L'avi Joaquim esperava impacient que acabaren cada obra per a anar a la impremta.

Núria va fer una enquesta per a saber per què la gent de l'institut visitava més la biblioteca i, lamentablement, va comprovar que el motiu tenia poc a veure amb l'interés per la lectura. En realitat s'havia corregut la veu que era un lloc divertit (probablement per les escenes que protagonitzaven Manel, Núria i Raimon). Tothom coincidia que la decoració actual de la sala de lectura era terrible, així que ella va decidir ambientar una mica el lloc. Per això va preguntar a Augusta si podia efectuar-ne unes millores. Després d'una altra reunió, la directiva es pronuncià favorablement, sempre que això fóra gratuït, ja que el pressupost de l'institut era esquifit.

Regina va aconseguir uns pòsters molt guapos en la rebotiga dels pares d'un membre del BAF. Es tractava d'escenes de la naturalesa amb éssers màgics, com ara fades, follets i àngels. Tot plegat molt relaxant i suggeridor. La mare de Manel, que tenia les mans d'or, va cosir unes cortines amb la tela que va proporcionar el pare de Núria, representant d'una empresa tèxtil. Núria va trencar la guardiola per a comprar uns pots de pintura que estaven rebaixats en el supermercat. Va aconseguir que deu alumnes de l'ESO s'oferiren a pintar la sala de lectura, de sobte estava de moda el projecte de millorar la biblioteca i tothom volia apuntar-s'hi.

I com que els rumors corren més veloços que el vent, aviat hom parlava d'una festa d'inauguració. Núria va considerar que era una idea magnífica i va decidir portar-la a la pràctica. Després de consultar-ho amb la resta dels implicats, van quedar que el divendres següent inaugurarien la nova biblioteca.

Núria va elaborar el cartell:

«Divendres, festa a la biblioteca. Inauguració de la secció Cal·líope.
Hi haurà menjar, beguda i música. No faltes.
La cultura pot ser divertida».

Després va fer quinze còpies amb la fotocopiadora de la consergeria i va enganxar-les en les parets de cada aula i passadís. Allò de la «secció Cal·líope» havia sigut una ocurrència de Manel i pareixia molt oportuna. La musa no podria resistir-se a ser el centre d'atenció de l'institut sencer.

26
LA DARRERA OFRENA

Manel va arribar a les cinc de la vesprada per tal d'ajudar en els últims preparatius. La biblioteca estava agradablement il·luminada per uns llums nous, regal d'un donant anònim que, segons l'opinió general, havia sigut antic alumne de l'institut i gran aficionat a la lectura. Les parets estaven pintades de color taronja i ací i allà mostraven les bucòliques escenes màgiques. A la paret d'enfront de la porta, Raimon havia col·locat una prestatgeria ornamentada amb lletres de diferents colors fluorescents: CAL·LÍOPE. Els prestatges romanien encara buits, a l'espera de l'arribada de Joaquim.

En les taules col·locaren plats amb coca de tomaca (cortesia de la mare de Manel), papes i olives, ampolles de refrescos i gots de plàstic. Al taulell posaren l'equip musical de Laia, que volia fer de discjòquei (era una il·lusió que sempre havia guardat en secret). Al sostre penjaren una pancarta on podia llegir-se: BENVINGUTS A LA SECCIÓ CAL·LÍOPE.

A les sis i mitja va començar a aplegar gent i Joaquim encara no havia portat els llibres. Manel i Núria estaven molt nerviosos, què passaria si l'avi no els enllestia a temps? Els llibres eren els protagonistes de la festa! Res d'allò no tenia sentit sense els llibres!

I quan Núria estava a punt d'eixir a buscar el seu avi, va aparéixer Joaquim carregat amb una caixa de cartó. La descarregà sobre el taulell i en tragué nou llibres bellament enquadernats que feien olor de nous.

–Afanyem-nos! Posem-los a la prestatgeria i anunciem-ho pel micròfon –va proposar Núria–. Que s'acoste la gent a admirar-los!

En aquell moment va entrar Regina a la biblioteca i Manel va quedar-se sense alé. Estava preciosa. Portava un vestit de color vainilla que la feia semblar un d'aquells éssers màgics dels pòsters. I els cabells li queien pels muscles com una cascada de vellut negre, era la primera vegada que la veia amb la cabellera solta i va sentir-se embadalit.

–Hola! Açò ha quedat molt bé –va saludar ella mirant al seu voltant–. Heu fet un bon treball, enhorabona.

–Vine amb mi i t'ensenyaré els llibres d'Amor Solà –es va oferir Manel.

Regina quasi va plorar d'emoció quan va veure el contingut de la prestatgeria.

–Oh, ella estaria tant contenta si poguera veure'ls! Guaita, per fi porten el seu nom. Res dels pseudònims que sempre va veure's obligada a emprar. Per ser dona, ningú se la prenia seriosament. Era una època molt difícil per a les dones i va haver de renunciar a la seua identitat per amor a la literatura.

La gentada omplia la biblioteca i s'hagueren de fer a un costat. Manel va conduir Regina fins a un racó, sota un dels pòsters que representava un angelet de carn rosada volant en un cel blavíssim sobre un camp de blat d'or.

–Saps, Regina? Vull donar-te les gràcies: he tret un 8,75 en l'examen de física.

–Això està molt bé. Però, per què em dónes les gràcies? –s'estranyà ella.

–Perquè tu has sigut la meua musa, Regina, tu m'has inspirat.

«Ara o mai!», pensava Manel, «Confessa-li com t'agrada, digues-li que l'estimes». Però tenia un nus a la gola i no podia parlar. Bé, doncs si no li eixien les paraules, hauria d'actuar. «Avant, no sigues covard!» Va agafar-la pels muscles i la besà als llavis, ella no s'apartà. Va ser com tocar el cel amb els dits. Manel notava que els seus companys el traspassaven amb la mirada, però no li importava gens, volia que el bes durara eternament.

–Manel, he de confessar-te una cosa –va dir Regina al cap d'uns segons, fent-lo enrere amb suavitat–. Anem fora, per favor.

El xicot la va seguir mentre es preguntava què li voldria confessar. Que tenia nóvio? Sí, segurament això, que tenia un nóvio universitari, amb un cotxe esportiu i les butxaques plenes. Què s'havia cregut ell, pobre desgraciat? Com havia gosat fer-se il·lusions? Els companys van deixar-lo passar mentre li feien palmades a l'esquena i li picaven l'ullet. Entre ells va veure Raül, molt orgullós del seu germà major.

–Mira'm, Manel –va dir ella quan ja estaven fora.

Regina es va llevar les ulleres, va remenar en el sarró i va extraure una diadema daurada. A continuació se la col·locà al cap, entre els rínxols d'atzabeja.

–A qui veus? –va preguntar.

Manel la va mirar desconcertat. Era possible que...?

–Sí, jo sóc KLP, la venedora misteriosa –va declarar Regina–. Abillada d'aquesta forma, m'assemble molt a la imatge de la musa que vas trobar a Internet, veritat?

–Tant, que no m'ho puc creure.

Aleshores Regina li va contar que ella havia agafat el llibre de casa de la senyora Llum, ho havia fet d'amagat perquè la dona mai no li ho hauria permés. Després va colar-se al LLIBER-OCI el dia de la inauguració, havia aconseguit un uniforme i pretenia passar desapercebuda. Però un dels encarregats li va lliurar el full d'inscripció i ella el va omplir amb dades imaginàries (havia triat l'anagrama KLP per la dedicatòria del llibre). Després va arrancar el codi a uns dels llibres del LLIBER-OCI i el va apegar al de la senyora Llum. Fent-se passar per venedora, va trobar Eladi Tardagost. Va desplegar les seues arts de seducció i li va vendre el llibre, sense imaginar les terribles conseqüències d'aquella venda. Regina no havia volgut fer-li mal a Aleix en cap moment. De fet, quan s'havia assabentat de l'estat del xicot, s'havia sentit fatal.

–Per què ho vas fer? –va preguntar ell amb un fil de veu.

–Per la senyora Llum, perquè em fa llàstima. No descansa, quasi no menja i no sap qui és. Això no és viure. Com que havia escoltat tantes vegades les seues històries sobre el castic de les muses, vaig acabar creient-la. Vaig buscar informació sobre elles, i vaig localitzar amb la mateixa imatge de Cal·líope que tu vas trobar i vaig descobrir que jo tenia certa semblança amb la musa. Així que vaig ordir el pla. Pensava que si aconseguia vendre un dels llibres de la senyora Llum, Cal·líope es posaria contenta i perdonaria la pobra vella. Fou una rucada, ho sé. No he volgut mai fer-li mal al teu amic ni a ningú!

–Sempre havia confiat en tu i havia defensat la teua innocència, Regina. Em sent com un idiota –es queixà Manel–. Si la vertadera musa Cal·líope no va estar al LLIBER-OCI, aquesta festa no té cap sentit. Estem fent el fava!

–No, Manel! –va contradir-lo ella–. Estem fent el que toca!

Aleshores va arribar Núria corrents i va topar-se amb ells. En veure l'aspecte de Regina, va obrir els ulls com a plats i va fer un salt enrere.

–Què significa açò!? –va cridar.

–Ho sent molt –va provar a disculpar-se Regina.

–Ho sabia! –va exclamar Núria–. Sabia que tu eres la refotuda venedora!

Aleshores va sonar el mòbil de Núria i s'apartà per contestar. Foren solament unes paraules, després es guardà l'aparell a la butxaca i va sospirar:

–Era el senyor Tardagost. Diu que Aleix sembla més nerviós que mai. No para quiet, es regira a la butaca i mormola fragments del llibre. Son pare m'ha demanat que vaja amb ell, per si puc calmar-lo.

–T'hi acompanye! –s'oferí Manel.

–No, tu queda't ací, per favor –refusà ella–. La festa necessita un amfitrió. Quan veges l'Augusta, dóna-li alguna excusa.

Manel va comprendre que tenia raó i va accedir a fer el paper d'amfitrió. Núria va córrer lleugera fins a desaparéixer mentre ell tornava a la biblioteca amb el cor fet miques.

–Em perdonaràs Manel? –va preguntar Regina, que caminava darrere d'ell–. T'hauria contat la veritat abans, però sabia que em jutjaries malament i tenia por de perdre't.

Manel va aturar-se i la mirà de fit a fit.

–Et considerava la meua musa, Regina, t'invocava perquè m'inspirares quan estudiava. Quina estupidesa! Hi ha per riure's.

–No m'he rigut mai de tu. Si no sóc la teua musa, almenys deixa'm ser la teua amazona.

–Com Heriontes i Narobe? Tu i jo? –va preguntar incrèdul.

–Sí, tu i jo.

Manel va comprendre que no podia continuar emprenyat amb ella, així que s'hi va acostar i la va tornar a besar als llavis. Ella també va deixar que l'abraçara. Manel podia sentir la calidesa del seu cos molsut i no volia amollar-la, però tenia un deure per complir. Entraren a la biblioteca agafats per la mà. La majoria dels convidats seien al voltant de les taules i llegien algun llibre, sense deixar de beure refrescos i menjar coca. Uns comentaven allò que els pareixia més interessant, d'altres escoltaven i feien una crítica. Laia feia sonar un fil de música oriental que convidava a la reflexió i la tertúlia.

–No faran malbé els llibres? –es preocupà Raimon.

–La blancor d'un llibre solament indica que ningú el llegeix –va intervenir Joaquim–. Una taca o un doblegat no els trau valor, creu-me.

Raimon havia acompanyat l'ancià i li havia mostrat entusiasmat cada racó del seu regne. Veient l'interés del xicot, Joaquim l'havia convidat a fer una volta per la biblioteca de Sant Miquel dels Reis. Ambdós eren ja grans amics.

Augusta s'acostà a Manel molt satisfeta.

–On està Núria? –li va preguntar.

–Mmm... ha hagut d'anar-se'n per... un motiu familiar –l'excusà Manel.

–Doncs quan la veges li dius que ha fet un bon treball. No m'esperava menys d'ella. Ha sigut una idea tan original! Muntar una festa de lectura! Genial! No se m'haguera ocorregut una forma millor d'aficionar els meus alumnes a la literatura.

I la professora s'assegué amb la resta de convidats a llegir. Va triar un llibre dedicat a la musa Clio... i quin argument més interessant! Augusta sabia que no s'aturaria fins a acabar aquell llibre que semblava enganxar-la amb milers de dolços tentacles.

27
EL DESCANS

Les flames s'enlairaven cap amunt en un ball hipnòtic que adormia els sentits. L'anciana observava aquella dansa amb els ulls enrogits i de sobte s'adonà que havia oblidat la idea que anava a plasmar sobre el full. S'estirà els cabells amb ràbia i renegà en veu alta. La memòria li jugava males passades, era capaç de recordar episodis de la seua infància i, en canvi, s'oblidava de coses que havia fet aquell mateix dia. Per exemple, què havia desdejunat aquell matí? S'havia pres la píndola del migdia? Quina era la idea que volia escriure feia uns segons? Maleïda sia!

Allò abans no li passava, anys enrere podia escriure dues històries alhora i no perdre en cap moment el fil dels pensaments. Tanmateix, cada vegada li costava més construir una història coherent. Què faria ella si la situació empitjorava? Si mai arribava a perdre la seua capacitat d'escriure, les muses mai no la perdonarien. Així que havia d'aprofitar cada segon de la seua lucidesa per a tractar d'inventar la història més bonica, la més ben escrita, la millor. Després podria descansar, tombar-se al llit i estirar-se fins que els dolors a l'esquena deixaren de turmentar-la.

Sí, això faria, però no encara. Primer havia d'escriure, relatar, narrar... com quan era menuda i redactava contes preciosos que sols deixava llegir a la seua germana menuda, malalta de tuberculosi. La germaneta s'havia mort i ella havia continuat escrivint. Un dia el pare havia descobert els quaderns amagats a l'armari i s'havia espantat. Què faria ell d'una filla com aquella? La directora del col·legi de monges va animar-lo: allò no era pecat, la xica podia continuar escrivint, sempre sota el control patern.

I son pare va controlar-la fins que la mort se l'endugué. Cada full, cada paràgraf, era mirat amb lupa. Es comportava com un censurador implacable. Com li havia costat convéncer-lo perquè la deixara presentar-se al primer concurs literari! Tants esforços per a no res: una dona no arribaria mai enlloc. Els editors se la miraven amb condescendència. La idea de fer-se passar per home havia agradat al pare, l'anonimat salvaria l'honor de la família. Sempre canviant de nom abans que descobriren la vertadera identitat, va assolir fama i diners. De poc li serviren, però, perquè aleshores una dona no podia ser titular de cap compte bancari i el pare administrava cada cèntim amb mà de ferro.

Durant molts anys les muses havien sigut les úniques amigues que havia tingut. No en necessitava més. Quan van començar a xiuxiuejar-li paraules a cau d'orella? Probablement quan tenia quatre anys i va aprendre a escriure, amb la ploma tan premuda entre els dits que els artells se li posaven blancs. Gràcies a les muses, mai no s'havia sentit sola. Tanmateix, lliure de la influència del pare ja mort, i eufòrica per la llibertat adquirida, havia acceptat encàrrecs d'editors avariciosos i guionistes sense escrúpols. Hauria pogut quedar-se instal·lada en aquella còmoda mentida per molt de temps, però la crítica d'una important revista va obrir-li els ulls. Deien que allò no era literatura, sinó porqueria, vendible sí, però sense cap valor artístic. Llavors, Amor Solà va decidir tornar al vertader art, però les muses no van acudir a la seua crida. S'havia quedat sola i terriblement buida.

De sobte, una idea nova va ballar-li pel cap: i si escrivia una història sobre els espartans? Allò agradaria a les muses, que eren gregues! No seria una història qualsevol, sinó la més bonica de totes. Les idees van afluir-li novament al cervell: el protagonista seria un valent heroi espartà però tindria sentiments, ploraria la mort d'un germà i s'enamoraria. Hi hauria aventures, emoció, tendresa... Un moment! Aquella història ja l'havia escrita feia molts anys, fou la darrera que havia dedicat a les muses abans de deixar-les de banda. «Cal·líope, perdona'm», va mussitar.

Una forta punxada al cor va sobresaltar-la. Aleshores va alçar la mirada i va veure nou figures que dansaven al mateix ritme que les flames. Les muses havien tornat per fi! Guaita-les, quins moviments tan meravellosos! Com feien sonar la flauta i la cítara! Com cantaven! Ací les tenia després de tants anys, formant un cercle al seu voltant. Eren criatures entremaliades i a bufits apagaren les espelmes. L'habitació s'havia quedat a les fosques i el rellotge de pèndol s'havia aturat. L'anciana escriptora va alçar-se de la cadira treballosament i, agafant-se dels mobles, va provar d'arrossegar-se fins al dormitori. Però el cor estava a punt d'esclatar-li i la respiració li fallava, no podia continuar. Al capdavall, va caure en terra i va cloure els ulls. No tenia por... per fi podria descansar.

Justament, en aquell mateix moment, Aleix va tancar el llibre que llegia. Havia sigut el fill d'una respectable parella d'espartans, de la qual l'havien separat sent un nen per tancar-lo en una acadèmia militar. Havia estat lluitant en batalles bestials, bramant, esquarterant enemics, abandonant companys ferits en el camp... però no havia pogut resistir la mort del seu germà menut i havia plorat. Aquelles llàgrimes havien sigut la seua vergonya i s'havia vist obligat a desertar. Havia peregrinat al temple de Delfos, on li havien predit que seria rei, i després havia viatjat en un vaixell frigi. Havia sigut víctima d'un terrible naufragi, però miraculosament havia sobreviscut. Havia arribat a una illa poblada per amazones i havia estat a punt de ser sacrificat, però l'amor de la bella reina Narobe l'havia salvat de la mort. Havia sigut l'orgullós pare de dos bessons. Havia hagut de fer front a la rebel·lió de Narobai, la seua cunyada fetillera...

Però al capdavall havia sentit la necessitat de descansar i havia tancat el llibre. Senzillament això. Davant seu estava Núria, que el mirava amb ulls plorosos, i, més enllà, son pare estava dret amb la boca oberta. Aleix va alçar-se de la butaca, però tenia les cames encarcarades i va estirar-se tot ell. Cadascuna de les articulacions li van fer clic, com un concert de grills.

–Què us passa? Pareix que heu vist un fantasma! –va exclamar.

Son pare i Núria se li van llançar damunt, plorant i rient alhora, omplint-lo de besades i cridant com l'estimaven. Aleix no entenia res, però va deixar-los fer. Era agradable tornar a ser ell mateix i no Heriontes.

Manel va rebre una telefonada poc després d'haver-se acomiadat de Regina amb una llarga besada, perquè ella estava preocupada per la senyora Llum i volia visita-la aquell mateix dia.

–Manel, et passe al teu amic! –era Núria.

–Quin amic? –va preguntar desorientat.

–Quin creus, idiota? –va contestar ella, tan simpàtica com sempre.

–Hola, cap de suro! Sóc Aleix, el teu millor amic. No t'imagines quin conte de terror m'ha contat Núria. Encara no m'ho puc creure! Gràcies per ajudar-nos, a ella i a mi. Ets un crac, tio!

Manel va notar un nus a la gola i va endinsar-se a través de les prestatgeries per tal d'amagar la seua emoció. Fou llavors quan va veure una figura femenina que s'allunyava pel passadís. Vestia de groc i tenia els cabells foscos i trenats, pareixia surar en l'aire. De sobte, la dona es va girar amb una gràcia exquisida i Manel li va veure la cara. Era preciosa, amb la pell quasi transparent i els ulls foscos. La dona el va mirar i li va dedicar un somriure trist abans de desaparéixer per sempre. «Adéu, Cal·líope.»

ÍNDEX

Història de Sam. Deus Ex Machina
de Vicent Enric Belda
ISBN: 978-84-9026-254-2
«Espurna», 110

L'any 2120, la civilització humana pràcticament ha desaparegut després d'un virus letal. Les intel·ligències artificials robòtiques controlen un món on només han sobreviscut dos tipus d'humans: uns quants que van escapar del virus i uns altres que han sigut modificats genèticament i criats en granges.

Sam és un robot personal que torna a funcionar després d'uns anys de suspensió. La missió que li encarrega la Intel·ligència Artificial és clara: capturar una jove humana anomenada Hanna. A mesura que s'endinsa en un campament d'humans, descobreix que Hanna no només és algú que guarda relació amb el seu passat cibernètic mig esborrat, sinó també una peça clau en la supervivència de la raça humana.

A la mateixa col·lecció

L'aurora de la fi del món
de Pep Castellano
ISBN: 978-84-9026-241-2
«Espurna», 109

Una tempesta solar sorprén Josep a Noruega, on treballa en un projecte per a modificar llavors genèticament. Tots els sistemes elèctrics de la Terra queden fora de combat durant dies. Quan el jove torna a València, una nova tempesta solar fa caure l'electricitat definitivament. Els bancs no funcionen, no hi ha Internet, i quan els aliments comencen a ser escassos, el caos regna a les nits. Tant Josep com Marta, la seua parella, es veuran obligats a lluitar per tal de sobreviure i construir un futur nou.

Les verges del sol
de Miquel Rayó
ISBN: 978-84-9026-144-6
«Espurna», 108

Quan Cristina accepta un treball precari al museu arqueològic de Cusco, no imagina que haurà de resoldre un perillós trencaclosques. La desaparició misteriosa d'una jove de l'alta societat, la troballa d'una mòmia requisada per la policia a la frontera i l'assassinat del director del museu són algunes de les peces que no sap com encaixar. Sense adonar-se'n, s'endinsa amb dos buscadors de tresors en una aventura increïble ambientada en el Perú actual, on ressonen encara els mites ancestrals. I és que la investigació la portarà fins a la muntanya on els inques sacrificaven verges en honor del déu Sol.

A la mateixa col·lecció

La muntanya invisible
de Francesc Gisbert
ISBN: 978-84-9026-125-5
«Espurna», 106

Andrea Alexandre és contractada per una gran empresa farmacèutica amb una missió altament complexa: completar els estudis del professor Bukowski sobre unes plantes de l'Amazònia que podrien curar el càncer. El científic ha mort sobtadament i la jove no sap com continuar la investigació si no desxifra abans el quadern personal de Bukowski. Per això, viatja fins a la regió de Misiones, salvatge i alhora carregada d'història, on farà un descobriment terrible i haurà d'enfrontar-se a greus perills per sobreviure en un món en què ni tan sols els morts són ja una certesa... Però una altra persona persegueix el mateix objectiu que ella, i vol aconseguir-lo a qualsevol preu.

Les ombres del bosc
de Vicent Enric Belda
ISBN: 978-84-9026-097-5
«Espurna», 105

El noruec Tomas Jenssen arriba a València fugint dels malsons del passat, d'unes ombres que el persegueixen. Quan coneix Sílvia, està convençut que l'intercanvi d'estudiants que l'ha portat a la càlida ciutat mediterrània el mantindrà allunyat de les seues obsessions. Però tot canvia amb l'aparició de Sara, una policia que investiga l'assassinat esfereïdor d'un vell dominic.

Aquesta trama policíaca amb altes dosis d'intriga ens submergeix en el malson inconfessable de Tomas quan comença a sospitar que les temudes ombres han viatjat amb ell com una part ineludible de l'equipatge.